La nuit et le jour

Du même auteur

L'Etrange Renoncement, Albin Michel, 1998.
La France est-elle soluble dans l'Europe ?, Albin Michel, 1999 (avec Daniel Cohn-Bendit).
La Sottise des Modernes, Plon, 2002.

Henri Guaino

La nuit et le jour

PLON
www.plon.fr

ISBN : 978-2-259-21969-3

« La plume est serve mais la parole est libre. »

Vieil adage judiciaire

En guise de prologue

« En hommage à tous ceux pour lesquels la France de Vichy ne pouvait pas être la France »

Discours prononcé à Colombey-les-Deux-Eglises pour le 70e anniversaire de l'appel du 18 Juin
par Henri Guaino, conseiller spécial du président de la République.

C'était le 18 juin 1940.
Un jour de printemps.
Vous souvenez-vous ?

Mai qui fut sans nuage et juin poignardé
Je n'oublierai jamais les lilas ni les roses
Ni ceux que le printemps dans ses plis a gardés
[…]
Je n'oublierai jamais l'illusion tragique
[…]

Et ceux qui vont mourir debout dans les tourelles
[...]
Le démenti des fleurs au vent de la panique
Aux soldats qui passaient sur l'aile de la peur[1].
[...]

Vous souvenez-vous ?

Un peuple hagard fuyait le malheur sans savoir où aller et se jetait dans les fossés chaque fois qu'un avion passait.

Vous souvenez-vous ?

Des soldats vaincus qui n'avaient plus de chefs pleuraient au bord des routes et se sentaient trahis.

Vous souvenez-vous ?

Les généraux avaient dit que les chars allemands ne pourraient pas passer à travers les Ardennes. Le 12 mai, les chars de Guderian avaient déboulé à Sedan.

Les politiciens avaient dit : « Nous ne laisserons pas Strasbourg à la portée des canons allemands. »

En 1935, le président Laval avait dit aux sénateurs qui étaient venus lui demander l'augmentation des crédits de la Défense nationale : « Je le voudrais bien mais la situation financière de la France ne le permet pas. »

A Munich, en 1938, les démocraties s'étaient couchées devant le nazisme.

Mais il était déjà trop tard.

Quand la Pologne avait été attaquée, la France et l'Angleterre avaient fini par déclarer la guerre. Mais pendant que la Pologne était dépecée, l'armée française était restée à l'abri de la ligne Maginot.

La drôle de guerre avait été une illusion. En mai, lorsque les Allemands avaient attaqué, on avait sorti les saints des églises. On avait organisé des processions et des prières. Mais aucun miracle ne s'était produit.

Mai qui fut sans nuage et juin poignardé.

Les racines de la défaite étaient profondes : derrière l'effondrement militaire, il y avait la défaillance intellectuelle et morale de toute une nation, l'impuissance d'un régime, un état d'esprit...

Quand la bataille avait commencé, les soldats français s'étaient battus avec courage. Cent mille morts avaient jalonné la débâcle.

C'était le 18 juin 1940.

Un jour de printemps.

Quatre jours avant, les Allemands étaient entrés dans Paris. Le gouvernement s'était réfugié à Bordeaux.

C'était le 18 juin 1940.
Un jour de printemps.

L'avant-veille, Churchill avait proposé l'union des deux pays. Ce même jour, Paul Reynaud, président du Conseil, avait démissionné. Le maréchal Pétain avait été chargé de former le nouveau gouvernement.

C'était le 18 juin 1940.
Un jour de printemps.

La veille, le maréchal Pétain avait annoncé aux Français qu'il avait demandé l'armistice à l'ennemi.

A Pau, en écoutant son message à la radio, un jeune homme de dix-neuf ans, militant de l'Action française, élevé dans le culte du grand soldat, se sent trahi et décide aussitôt de partir pour continuer le combat. Il s'appelle Daniel Cordier. Il ne sait pas encore qu'il sera parachuté en France comme agent du BCRA et qu'il deviendra le secrétaire de Jean Moulin.

Au même moment, dans la même ville, un mécanicien prend la même décision. Il a presque le même âge. Il est militant antimilitariste, antifasciste et socialiste. Il s'appelle Jean-Joseph Laborde. Il ne sait pas encore qu'il ira jusqu'à Berchtesgaden avec Leclerc.

Ils seront dix-sept qui s'embarqueront ensemble, *in extremis*, sur un cargo belge en partance pour l'Afrique du Nord, qui finalement fera route vers l'Angleterre. Ils passeront des jours dans la cale assis sur du maïs. L'un d'eux dira : « Notre seul lien était le silence. Nous ne savions pas ce qui nous attendait en Angleterre. Nous nous demandions ce que nous allions faire là-bas. »

A Brest, un garçon de dix-huit ans voit des mères venir au port avec leurs garçons et crier aux militaires qui embarquent : « Prenez nos fils et faites-en des soldats ! » Le 19, au Conquet, il saute dans un remorqueur de la marine en route pour Ouessant, où il monte sur un chalutier belge qui part pour l'Angleterre. Il s'appelle Yves Guéna.

Un élève en mathématiques spéciales au lycée Louis-le-Grand, délocalisé à Bayonne, part en taxi avec quelques camarades de classe pour Saint-Jean-de-Luz. Ils s'embarqueront le 21 juin sur un paquebot polonais. Il a dix-neuf ans. Il s'appelle Robert Galley.

Sur la base aérienne de Tours, deux jeunes officiers coloniaux écoutent le discours du Maréchal. Ils se lèvent, prennent leur képi, montent sur une moto et se dirigent vers Marseille. Le 23 juin, ils appareilleront sur un navire italien confisqué par la marine française. En mer, avec l'aide du commandant de bord et du lieutenant qui dirige l'escorte, ils détourneront le bateau vers Gibraltar. L'un a vingt-huit ans, il s'appelle Jean Simon. L'autre a vingt-quatre ans, il s'appelle Pierre Messmer.

Ils seront quelques centaines de jeunes Français et de jeunes Françaises qui, comme eux, en juin 1940, quitteront tout, du jour au lendemain.

Ils viendront de tous les partis, de toutes les familles spirituelles de la France.

Celui qui croyait au ciel
Celui qui n'y croyait pas.

Ils ne savaient qu'une chose, c'était qu'ils voulaient se battre. Ils ne savaient pas où. Ils ne savaient pas comment. Mais ils voulaient se battre. Une force mystérieuse les poussait dont aucun d'entre eux n'aurait su dire le nom.

Quand le général De Gaulle les accueillera le 6 juillet 1940 à l'Olympia Hall en leur disant : « Je ne vous féliciterai pas d'être venus : vous avez fait votre devoir. Quand la France agonise, ses enfants se doivent de la sauver », ils se reconnaîtront tous dans ces paroles. Je me rappelle cette vieille résistante à laquelle un journaliste avait un jour demandé : « N'avez-vous pas le sentiment d'avoir été des héros ? » La vieille dame avait répondu simplement : « Nous ne sommes pas des héros, nous n'avons fait que notre devoir. »

Ces enfants, qui n'avaient pas vingt ans ou à peine, ne doutaient pas, avec leur foi naïve, que presque toute la jeunesse française avait fait comme eux.

A l'arrivée, ils comprirent qu'ils n'étaient que quelques-uns.

Ils ne resteront pas seuls. Beaucoup d'autres viendront. Mais ils ont été les premiers. La France Libre se construisit sur les rêves de ces enfants au cœur pur.

C'était le 18 juin 1940.

Un jour de printemps.

La veille, à Chartres, un préfet du nom de Moulin s'était ouvert la gorge plutôt que de forfaire à l'honneur.

C'était le 18 juin 1940 et tout semblait perdu.

La veille, à 9 heures du matin, le général De Gaulle, sous-secrétaire d'Etat à la Défense du gouvernement Reynaud, s'était envolé pour Londres. Avant de quitter Bordeaux, Paul Reynaud lui avait remis 100 000 francs sur les fonds secrets. L'après-midi même, il avait rencontré Churchill.

C'était le 18 juin 1940, en fin de journée. Alors que la France avait cessé de croire en elle-même, alors que le peuple français, désespéré par la plus terrible défaite de son histoire, ne se sentait plus la force de résister au malheur qui l'accablait, dans cette nuit tragique qui s'était étendue sur le pays, une voix s'éleva pour rallumer la flamme de l'espérance.

Mais peu de Français entendirent alors l'appel de ce général inconnu.

Les premiers Français Libres avaient répondu d'abord à l'appel de leur conscience.

Sauf pour quelques-uns – comment ne pas penser aux humbles pêcheurs de l'île de Sein ? –, l'appel du 18 Juin ne fut pas la raison du départ. Mais il fut la réponse à l'angoissante question qu'ils se posaient tous sur le but de leur voyage, car si tous savaient bien au fond d'eux-mêmes à quoi ils avaient dit « non », bien peu d'entre eux savaient à quoi ils allaient dire « oui ».

Malraux a dit : « Le gaullisme, c'est la force du "non" dans l'Histoire. » Au « non » prononcé par tous les Français Libres et par tous les résistants qui ne se définissaient que par ce à quoi ils s'opposaient, le général De Gaulle a donné une force invincible en leur permettant de se définir aussi par ce pour quoi ils se battaient.

L'appel du 18 Juin est l'antithèse du discours de Pétain du 17. Comme la France Libre sera l'antithèse de celle de Vichy.

Le 17 juin, la France qui parle est une France épuisée qui veut sortir de l'Histoire.

Le 18 juin, la France qui parle est une France qui veut rester dans l'Histoire et qui veut l'écrire.

Le 6 juin, le général De Gaulle avait demandé à Weygand :

— Les Allemands passent la Somme. Et après ?

— Après c'est la Seine, puis la Marne.

— Oui. Et après ?

— Après ? Mais c'est fini !

— Comment ? Fini ? Et le monde ? Et l'Empire ?

Weygand avait éclaté de rire.

Il avait ajouté que, la France vaincue, l'Angleterre n'attendrait pas huit jours pour négocier avec Hitler... Mais Weygand n'était pas Churchill. L'Angleterre ne plierait pas.

Quelques semaines plus tard, à Londres, le général De Gaulle dira à Maurice Schumann : « Cette guerre sera mondiale. L'Allemagne ne peut pas la gagner. Il faut que la France soit présente au jour de la victoire. »

A Bordeaux, les chefs militaires avaient préféré la capitulation plutôt que la retraite pour que ce soit le pouvoir politique et non les militaires qui en assument le déshonneur.

Les politiciens avaient cru qu'ils pourraient marchander avec Hitler. Ils croyaient qu'il était comme eux.

Les ennemis de la démocratie et de la République avaient vu dans la défaite et l'Occupation l'occasion inespérée d'en finir avec ce régime honni.

Ceux qui pensaient à la France, à son honneur, à sa grandeur, ceux qui pensaient que ses valeurs de liberté, d'égalité et de fraternité, sa culture, sa langue, sa pensée méritaient que l'on se battît pour elle, ceux qui ne pouvaient l'imaginer asservie, en ces jours sombres, étaient bien peu nombreux.

C'était contre cette autre défaite que De Gaulle voulait dresser la France Libre.

S'il n'y avait pas eu le 18 Juin et cette voix qui, du fond de l'abîme où la France se trouvait plongée, avait proclamé l'avènement d'une autre France assumant toute l'Histoire de France, toutes les valeurs de la France, et portée par la force de l'espérance, s'il n'y avait pas eu le 18 Juin, il y aurait quand même eu des résistants et des soldats pour continuer le combat.

Mais il n'y aurait pas eu la France Libre, la Résistance et de Lattre à Berlin à la table des vainqueurs le jour de la capitulation allemande.

Sans le 18 Juin, il n'y aurait pas eu l'honneur de la France sauvé par quelques femmes et quelques hommes se battant sous le drapeau tricolore et sous l'uniforme français.

Il n'y aurait pas eu l'Armée secrète et les maquisards retardant les renforts allemands qui remontaient vers le front de Normandie quand tout pouvait encore être compromis.

Il n'y aurait pas eu le Conseil national de la Résistance.

Il n'y aurait pas eu l'autorité de l'Etat à la Libération pour empêcher le pays de se briser de nouveau, emporté par les haines et les vengeances qu'avaient nourries cinq ans durant les souffrances et les humiliations.

Sans le 18 Juin, il n'y aurait jamais eu la 1re DFL, ni la 2e DB, ni la 1re armée française intégrant au fur et à mesure de son avancée, depuis Toulon jusqu'au Rhin, les unités FTP et FFI pour ne former qu'une seule et même armée, l'armée de la France. Et que serait devenu Strasbourg que les Alliés voulaient abandonner aux Allemands en décembre 1944 ?

C'était le 18 juin 1940.
Un jour de printemps.

Le général De Gaulle parla au nom de ceux qui n'avaient pas de voix.

Il parla au nom de ceux qui l'avaient déjà rejoint, de ceux qui se mettaient en route, de tous ceux qui, jour après jour, mois après mois, le rejoindraient à leur tour, au fur et à mesure que tomberait le masque de Vichy.

L'appel du 18 Juin parla pour tous ceux qui allaient se battre et pour tous ceux qui allaient mourir.

Il parla pour le premier mort qui allait tomber les armes à la main avec l'écusson des Français Libres cousu sur son uniforme.

Il parla pour le premier Français Libre qui serait assassiné par la Gestapo.

Il parla pour les tués de Bir Hakeim, pour les morts des SAS, pour les disparus du BCRA dont personne ne retrouverait jamais les corps.

Il parla pour les femmes qui allaient porter les courriers de la Résistance au péril de leur vie et qui auraient le sentiment de ne faire que leur devoir.

Il parla pour celles qui allaient cacher chez elles des aviateurs anglais et pour celles qui allaient sauver des enfants juifs en les dissimulant parmi leurs propres enfants.

Il parla pour les étudiants qui allaient manifester le 11 novembre 1940 à l'Arc de triomphe et pour ceux qui allaient être assassinés.

Il parla pour ceux qui allaient mourir au Vercors et aux Glières.

Il parla pour les soldats qui iraient bientôt se battre sous le soleil d'Afrique et pour l'armée de l'ombre qui allait bientôt se lever dans la France occupée.

L'armistice préparait Montoire. Il allait masquer pendant des mois le chemin de l'honneur à beaucoup d'hommes et de femmes qui avaient cru de bonne foi que Vichy n'avait pactisé avec l'ennemi que pour mieux préparer la résistance.

La perte des repères moraux fut la plus terrible conséquence de l'armistice. Elle conduisit des Français à tirer sur des Français. Elle ouvrit la voie à la Milice. Elle couvrit la torture, l'assassinat et la déportation. Elle divisa les Français au moment où leur unité aurait été plus nécessaire que jamais.

Le 18 Juin lava cette souillure.

Il exonéra par avance la France des crimes qu'allaient commettre en son nom tous ceux qui l'avaient trahie.

Je ne sais pas ce que j'aurais fait en juin 1940.

Je ne le saurai jamais.

Mais je sais, depuis que, dans mon premier livre d'histoire, j'ai lu pour la première fois le nom du général De Gaulle, que la France que j'aime, celle dont je porte en moi les valeurs, l'Histoire, la civilisation, la France des soldats de l'An II, la France qui a passé un pacte multiséculaire avec la liberté du monde, la France qui n'est grande que lorsqu'elle l'est pour les autres, ma France, elle était à Londres et à Bir Hakeim, elle était à Koufra et au Vercors.

Elle n'était pas à Vichy, elle n'était pas avec ceux qui souhaitaient la victoire de l'Allemagne, avec ceux qui couvraient les crimes du nazisme, avec ceux qui prêtaient leur concours aux traques, aux rafles, aux persécutions.

Je ne sais pas ce que j'aurais fait en juin 1940. Mais je sais que, grâce à l'appel du 18 Juin, je peux rester fier d'être français, fier de mon pays, que je n'ai pas à me repentir de fautes qu'il n'a pas commises.

Je n'ai jamais cru au gaullisme sans le général De Gaulle. Le gaullisme est une histoire qui commence avec lui et qui se termine avec lui. Mais c'est une histoire qui me parle encore.

« Dernier 18 Juin », écrit un journaliste qui pense que, bientôt, la commémoration du 18 Juin n'aura plus d'objet parce que tous les acteurs auront disparu et parce que le gaullisme n'aurait plus aucun rôle dans notre vie politique.

Mais ce n'est pas le problème.

Le problème est de savoir si l'histoire du gaullisme a encore pour nous une signification, si elle nous enseigne encore quelque chose.

Le problème est de savoir si, lorsque le dernier Compagnon de la Libération ira dormir dans la crypte du Mont-Valérien où l'attend un cercueil vide, le fil d'une certaine idée de la liberté humaine, qui relie dans une même trame mystérieuse Antigone, Jeanne d'Arc et le 18 Juin, sera oui ou non définitivement coupé.

Le problème est de savoir si, en entendant chanter les paroles de ce chant magnifique que la France Libre offrit à la Résistance, nos enfants sauront encore ce qu'elles veulent dire :

La nuit et le jour

Ici, chacun sait ce qu'il veut, ce qu'il fait quand il passe.
Ami, si tu tombes, un ami sort de l'ombre à ta place.
Demain du sang noir séchera au grand soleil sur les routes.
Chantez, Compagnons, dans la nuit, la liberté nous écoute.

Mai qui fut sans nuage et juin poignardé…

C'était le 18 juin 1940.
Un jour de printemps.
« *Honneur et Patrie.* »
Un Français parlait aux Français.

Avant de partir, le Président nous a réunis. Il nous a dit : « N'ayez pas d'amertume, on ne construit rien sur l'amertume. »

Je ne me sens ni amer ni abattu. On dit qu'après le pouvoir il y a toujours une période de dépression. La dépression n'est pas venue. Mais depuis le 6 mai la tristesse ne me lâche pas. Oh, ce n'était pas le fait de quitter l'Elysée qui m'a rendu triste. Redevenir un Français comme les autres, j'y étais préparé. Cela m'était déjà arrivé. C'est plus dur la première fois, après on s'habitue.

A tous ceux qui, les derniers mois, étaient venus me faire part de leurs craintes que le Président ne fût pas réélu, j'avais toujours répondu que Churchill avait perdu les élections en 1945.

Pourtant il avait gagné la guerre. C'était mieux que s'il eût gagné les élections et perdu la guerre.

Je me remémore sa boutade à propos de son successeur : « Une voiture vide s'arrêta devant le 10, Downing Street, M. Attlee en descend... »

Tourner la page du pouvoir, au fond, ça n'a pas été le plus difficile.

C'est la loi de la démocratie.

Si l'on ne l'accepte pas, je veux dire, si l'on n'est pas prêt à en supporter les conséquences pour soi-même, il faut se tenir éloigné de la politique.

Le plus dur, ce n'est pas de s'éloigner du pouvoir, c'est de voir se défaire d'un coup les liens humains, affectifs, qui se sont tissés dans les épreuves affrontées en commun.

Le plus dur, c'est ce moment où chacun s'en va de son côté, le cœur gros de ce pressentiment qu'il ne reverra plus désormais que de loin en loin, et peut-être plus jamais, ceux avec lesquels il a si intensément vécu pendant des années.

En sortant de l'Elysée pour la dernière fois, j'ai traversé la rue pour saluer les gens massés sur le trottoir et, devant les mains qui se tendaient vers moi, j'ai pleuré.

Pourquoi ces larmes que je n'ai pu retenir ?

Peut-être simplement parce que, dans cette tristesse qui s'ajoutait à la mienne, je percevais pour la première fois ce lien d'affection qui s'était secrètement tissé avec beaucoup de Français et que m'ont confirmé depuis tous ceux qui, dans la rue, m'ont demandé gentiment des nouvelles de ce président que l'on disait tant haï.

Oui, j'étais triste, comme on l'est quand une page se tourne, triste comme on l'est quand on doit faire le deuil d'une vie qui s'achève avant d'en commencer une autre, triste comme on peut l'être devant une injustice car je ne pouvais m'empêcher de trouver qu'il y avait dans cette défaite quelque chose d'injuste pour celui auquel l'Histoire, j'en étais convaincu, rendrait justice un jour.

Je me suis présenté aux élections législatives parce qu'il ne m'a pas paru possible que cela finisse ainsi.

Avions-nous vraiment fait tout cela pour rien ?

Un jour, une fois les passions apaisées, les haines éteintes, on verra mieux ce qui a été accompli.

On réfléchira à ce que serait devenu le monde si, dans les crises terribles qui l'ont ébranlé, la France n'avait pas pris l'initiative ; on se rendra compte du risque que le pays a pris en écartant une telle intelligence et une telle énergie qui l'avaient si bien protégé pendant cinq ans.

Je pressentais qu'on allait vouloir tout défaire.

J'avais vécu les primaires socialistes comme la revanche de la vieille SFIO de Guy Mollet sur toutes les autres gauches : celle de Jaurès, de Blum, de Mendès, et même celle de Mitterrand qui avait liquidé la SFIO en 1971 à Epinay.

C'était la IVe République qui revenait.

La France des notables et des petits arrangements qui nous avait souvent conduits au désastre.

Pendant la campagne présidentielle, j'avais dit en forme de boutade que nous n'avions pas en face de nous la gauche molle, comme le prétendaient certains, mais la gauche « Mollet ». Car comment ne pas penser à ce politicien de la IVe, résistant, secrétaire général de la SFIO durant vingt-deux ans, qui avait été un représentant de cette république des notables où toute la politique tournait autour des compromis passés, après d'interminables marchandages, entre les partis, les factions et les courants ?

On se souvient de la réponse d'Edouard Herriot au général De Gaulle qui lui proposait en 1944 d'entrer dans le Gouvernement provisoire pour participer à la reconstruction du pays : « Je dois reconstruire le parti radical ! »

La IVe République était née de cet état d'esprit, et c'était dans cet état d'esprit que Guy Mollet avait occupé pendant deux ans, de 1956 à 1958, les fonctions de président du Conseil quand les circonstances exigeaient autre chose. En deux ans, il n'avait jamais rien décidé, non par manque de courage ou d'intelligence, mais parce que c'était sa conception de la politique.

La seule fois où il était sorti de cette réserve cela avait été pour envoyer les troupes françaises aux côtés des troupes anglaises à Suez afin de s'opposer à la nationalisation du Canal décidée par Nasser.

On connaît l'issue de cette expédition hasardeuse que la pression des Russes et les Américains avaient transformée en débâcle politique.

En ne décidant rien, il avait laissé le pays aller jusqu'au bord de la faillite et la guerre d'Algérie passer du drame à la tragédie.

Dans ces circonstances, la conception de la politique que portaient en eux la plupart des hommes de la IVe République s'était révélée désastreuse. Le pire n'avait été évité que parce que l'on était allé chercher le général De Gaulle.

En voyant ressusciter la IVe République à travers un président de la République et un Premier ministre qui ne cessent d'amoindrir l'exécutif en abandonnant tout le pouvoir aux corps intermédiaires et aux corporatismes, je ne peux pas m'empêcher de penser que les mêmes causes risquent de reproduire les mêmes effets.

Quand j'ai rencontré Nicolas Sarkozy, cela faisait trente ans que les politiciens répondaient à toutes les questions angoissantes qui leur étaient posées : « Je n'y peux rien. »

On appelait cela, à droite comme à gauche, « culture de gouvernement ». On aurait dû l'appeler « pensée unique » ou « culture du renoncement ».

Trente ans d'occasions ratées, de rendez-vous manqués, trente ans de politiques, au fond, presque toujours les mêmes, qui ne disaient rien, qui ne voulaient rien, qui ne faisaient rien, et la promesse non tenue sur la fracture sociale dont je ne m'étais jamais remis.

J'ai eu envie de soutenir Nicolas Sarkozy parce qu'il avait en lui, dans son caractère, dans son tempérament, quelque chose qui, me semblait-il, lui ôtait à jamais la tentation du renoncement et du laisser-faire. On dit qu'il a été trop interventionniste. Imaginons le contraire. Imaginons que, dans les tempêtes que nous avons connues, nous ayons eu un de ces présidents qui ne veulent pas gouverner et qui regrettent la IIIe ou la IVe République, quand les notables trouvaient toujours le moyen de s'arranger entre eux. Que serions-nous devenus ?

Non, ça ne pouvait pas s'arrêter comme ça. C'était pour cela que je m'étais présenté. Pour ne pas laisser faire.

Ce n'était pas une affaire de droite et de gauche. Je m'en suis toujours moqué, de la droite et de la gauche. C'est pour cela que j'ai toujours été gaulliste, parce que De Gaulle disait : « La France ce n'est pas la droite, la France ce n'est pas la gauche, la France c'est tous les Français. »

Je ne sais pas si l'on peut dire que Nicolas Sarkozy était gaulliste.

Qui d'ailleurs a la légitimité pour distribuer des brevets de gaullisme ? Ce que je sais, c'est que, pendant cinq ans, je ne l'ai jamais vu se demander si une mesure était de droite ou de gauche, mais seulement si elle était bonne pour le pays.

A la Porte de Versailles, le 14 janvier 2008, il avait même déclaré aux militants : « A l'instant même où vous m'avez désigné, j'ai cessé d'être l'homme d'un seul parti, fût-il le premier de France. »

Je me souviens de l'une de mes dernières conversations avec Philippe Séguin.

Je lui avais dit :

— C'est toujours difficile de parler d'autre chose que de la droite et de la gauche. Les gens pensent que ça ne veut pas dire grand-chose au fond, mais ils sont habitués.

— Ce qui est difficile quand on parle de la gauche et de la droite, m'avait-il répondu, c'est que l'on ne sait jamais si l'on parle des valeurs ou des partis.

— Malraux avait raison, « le mot gauche signifie autre chose que ceux qui s'en servent », comme le mot droite d'ailleurs.

— Vous savez, la gauche dans l'Histoire, c'est une idée, une idée de justice. La droite c'est un principe, un principe d'autorité. La gauche c'est l'égalité et la droite la liberté.

La gauche c'est le mouvement et la droite c'est l'ordre. La gauche c'est le pardon et la droite c'est la responsabilité. La gauche c'est le cœur et la droite c'est la raison.

— Charles Pasqua disait : « Si être pour la justice sociale c'est être de gauche, alors je suis de gauche ! Si être pour l'ordre c'est être de droite, alors je suis de droite ! »

— Le principal problème du mouvement gaulliste depuis le début a toujours été de résister à sa droitisation.

— C'est ce que De Gaulle a essayé de faire. Mais même lui a échoué. De Gaulle n'a pas réussi à liquider le régime des partis qui peu à peu ont repris le pouvoir qu'il leur avait si patiemment enlevé.

— Mais le gaullisme, m'avait dit Séguin, a bien réussi la synthèse de la droite et de la gauche sur le plan des idées. C'est ce que les partis de gauche ne le lui ont jamais pardonné. Ne pouvant l'accuser d'incarner la droite réactionnaire, ni celle de l'argent, ils l'ont attaqué sur la démocratie. Ils l'ont accusé de mettre en danger les libertés, de vouloir renverser la République, de vouloir instaurer un pouvoir personnel…

— Mitterrand avait écrit *Le Coup d'Etat permanent*, cela avait été assez efficace…

— Mais Mitterrand ne s'en est pas souvenu quand il est devenu président. Il s'est contenté de dire : « Les institutions étaient dangereuses avant moi, elles le redeviendront après moi. » Et il a eu une pratique du pouvoir encore plus personnelle que celle du Général.

— La coalition contre De Gaulle était impressionnante. En 1962, quand il a voulu faire élire le président de la République au suffrage universel, l'Assemblée a renversé le gouvernement Pompidou, et Gaston Monnerville, le président du Sénat, a parlé de forfaiture…

— Et vous vous souvenez qu'en 1958 ceux qui ne voulaient pas qu'il revienne avaient hurlé : « Le fascisme ne passera pas ! » C'était ridicule. Rappelez-vous ce qu'avait dit Malraux en 1965, entre les deux tours de la présidentielle, au Palais des Sports : « Il est très drôle d'entendre parler d'une union des républicains contre un homme qui a sauvé deux fois la République. »

— C'est vrai que la gauche ne lui pardonnait pas de l'avoir mise idéologiquement en porte-à-faux. C'est comme cela qu'en 1965, au second tour, elle s'est retrouvée aux côtés de l'extrême droite contre lui. Et c'est exactement ce que la gauche n'a pas pardonné à Nicolas Sarkozy en 2007 et la raison pour laquelle elle lui a intenté un procès en illégitimité d'une telle violence.

— Vous lui aviez pris Jaurès, Blum, Jules Ferry.

— Elle les avait trahis, et que cette trahison soit dévoilée lui était insupportable. Cette gauche n'avait plus rien à voir avec celle de Jaurès ou de

Blum. Cela, elle ne pouvait pas l'assumer. Mais nous n'avons pas fait tout ça seulement pour mettre mal à l'aise le parti socialiste, pas plus que De Gaulle n'avait instauré la Sécurité sociale seulement pour couper l'herbe sous le pied au parti communiste. Si nous avons enrôlé ainsi les grandes figures de la gauche, c'est parce que nous avions le pressentiment qu'un cycle s'achevait. Il y avait chez Sarkozy cette intuition profonde que le simplisme de l'idéologie, qui depuis trente ans menait le monde, ne nous apporterait pas les réponses dont nous allions avoir besoin. Il l'avait compris quand il s'était retrouvé face au problème d'Alstom. Il avait dû inventer une solution en bousculant les dogmes. Et il avait eu raison. C'est ce que nous avons essayé d'exprimer pendant la campagne de 2007. Ceux qui attendaient « Sarkozy l'Américain » et la droite décomplexée en ont été pour leurs frais.

— Au fond, c'était un peu la campagne dont vous aviez rêvé. Le paradoxe, c'est que ce soit Sarkozy qui vous en ait offert la possibilité.

— Mais ce n'était pas si paradoxal que cela. C'était sans doute le seul homme politique de sa génération qui était capable d'une telle transgression. Je crois qu'au fond il avait forcé sa nature pendant des années et qu'en 2007 il s'était libéré. En tout cas, moi qui me suis toujours senti gaulliste et qui ai été si longtemps à vos côtés, je m'y suis retrouvé.

J'avoue que j'éprouvais un certain plaisir à répondre aux journalistes, quand ils s'étonnaient des références à Jaurès et à Blum : « Vous êtes contre les congés payés, vous ? Non ? Moi non plus ! Alors, vous voyez, vous et moi nous sommes aussi les héritiers du Front populaire ! » Les adversaires de Nicolas Sarkozy ont prétendu qu'en 2007 il avait fait une campagne ultralibérale, communautariste et atlantiste, une campagne vraiment de droite.

Cela les aurait bien arrangés, mais c'était faux. Ce fut une campagne contre les affiliations automatiques qui, à force, empêchaient de penser.

Je me souvenais de Lionel Jospin quand il était Premier ministre. Il attaquait sans cesse la droite héritière des maîtres de forges et des antidreyfusards. Je me suis toujours demandé ce que cette droite-là pouvait bien avoir à faire avec celle de De Gaulle, de Chaban ou de Séguin. Je voulais bien me sentir l'héritier de Péguy ou de De Gaulle, mais des antidreyfusards et des maîtres de forges je ne pouvais pas m'y faire. Alors, cette campagne de désaffiliation, elle m'a beaucoup plu. Ce fut une réappropriation de tous les thèmes qu'une certaine droite avait abandonnés à une certaine gauche : la République, le travail, la justice sociale… Comment aurais-je pu ne pas suivre Nicolas Sarkozy dans une telle entreprise ?

A ce moment-là, je m'étais remémoré cette campagne qui n'avait ressemblé à aucune autre.

A Nîmes, il avait parlé de la France. Et à la fin, les gens étaient venus le voir pour lui dire : « Merci d'avoir parlé de nous. »

A Agen, il avait parlé du travail et dénoncé les parachutes dorés et les dérives de la finance.

A Périgueux, il avait parlé de la République.

Aux ouvriers des Ardennes, il avait dit que chacun devait pouvoir vivre de son travail.

A Bercy, entre les deux tours, il avait appelé à liquider l'héritage de Mai 68.

A Maisons-Alfort, il avait lu la lettre de Jules Ferry aux instituteurs.

A Toulouse, il avait parlé de Jaurès, de Blum, et de la gauche qui avait abandonné les travailleurs.

A Strasbourg, il avait dit qu'il voulait réconcilier la France du « oui » et la France du « non ».

Et le 14 janvier 2007, à la Porte de Versailles, devant soixante mille personnes, il avait parlé de lui, « petit Français au sang mêlé ».

J'avais repris le fil de la conversation :

— Vous savez, depuis que Nicolas Sarkozy avait dit que la présence de *La Princesse de Clèves* dans le programme de certains concours administratifs n'avait pas de sens, on le disait ennemi de la littérature. C'était pourtant l'un des rares hommes politiques qui avait compris que la France était un vieux pays littéraire et qui pensait que la politique devait rendre à la littérature un peu de ce que celle-ci avait donné à la France. J'y voyais un attachement à une forme de civilisation qui était menacée de disparaître et à laquelle je tenais.

A Montpellier, lors de la dernière réunion publique de la campagne, quand il a récité quelques vers du *Cimetière marin*, j'ai retrouvé ma France telle que je l'avais toujours aimée.

Quand il a dit :

Ce toit tranquille, où marchent des colombes,
Entre les pins palpite, entre les tombes ;
Midi le juste y compose de feux
La mer, la mer, toujours recommencée [...]

Dans la salle, chacun s'est tu et a cherché en lui pourquoi ces mots lui paraissaient si familiers. L'espace d'un instant, cette foule n'a plus eu qu'une seule pensée et une seule âme. Moment unique où toute pensée remonte à sa source qui est la même pour tous et où chacun ressent que la France, le pays au monde qui doit le plus à ses saints, ses écrivains et ses poètes, a aussi une dimension spirituelle et pas seulement temporelle. Car les poèmes, au fond, sont comme des prières.

J'avais ressenti la même chose à Toulon, quand devant des milliers de militants déchaînés il avait récité quelques vers de *L'Enfant grec*, le beau poème de Victor Hugo sur les massacres de Chio.

Il leur avait dit : « Beaucoup d'entre vous se souviennent sans doute de ce poème que l'on apprenait jadis à l'école », et il y avait eu le même silence, chacun cherchant dans sa mémoire le souvenir de cet enfant grec, cet enfant blond aux yeux bleus, qui voulait « de la poudre et des balles ». Les poèmes sont comme des prières…

Un prêtre m'a offert un livre du cardinal Daniélou : *L'Oraison, problème politique*. J'en retiens une phrase : « Le problème qui se pose à nous est celui de l'avenir de la prière dans les civilisations techniques… »

— En 2007, avait repris Séguin, le slogan de la campagne, c'était : « Ensemble tout devient possible. » N'était-ce pas vous condamner par avance à décevoir ?

— En arrivant à l'Elysée, avais-je répondu, je savais que tout le monde se demandait au bout de combien de temps nous commencerions à nous dire que finalement nous ne pouvions pas faire grand-chose… C'était un défi qu'il nous fallait relever. Nous y étions prêts.

Mais il est difficile de rendre l'espérance quand il s'agit d'abord d'éviter que tout ne s'effondre.

La crise économique ne rend pas seulement la vie quotidienne des Français plus difficile.

Elle révèle aussi l'immense crise de civilisation qui menace beaucoup plus dangereusement notre avenir.

Nous avions souvent abordé ensemble ce sujet dans le passé. Il me répondit :

— Vous savez bien ce que j'en pense. Qui est capable d'y répondre ? Sûrement pas la classe politique telle qu'elle est aujourd'hui. Vous attendez trop d'eux. Moi aussi, j'en ai trop attendu. Vous savez, vous comme moi, nous sommes venus trop tard… »

Il pensait à 1958, au général De Gaulle… Je me dis aujourd'hui qu'il est parti trop tôt. En le quittant ce jour-là, je me disais qu'en 68, à Charléty, la gauche n'avait trouvé comme réponse à la crise de la jeunesse que le retour des politiciens de la IVe République. C'était pathétique.

Elle apporte aujourd'hui une réponse non moins dérisoire à la crise de civilisation qui n'a cessé depuis lors de s'aggraver. Sauf qu'en 1968 elle avait perdu les élections, alors qu'en 2012 elle les a gagnées.

Les années ont passé. Quand, nouveau député, j'ai écouté le discours de politique générale du nouveau Premier ministre, j'ai eu envie de me lever et de dire : « La IVe République est de retour ! Saluons-la ! »

Mitterrand au moins avait eu le mérite d'avoir préservé les institutions de la Ve République, non seulement dans leur forme mais aussi dans leur esprit.

Si j'étais monté à la tribune ce jour-là, j'aurais dit à la gauche :

« Dans les circonstances où nous nous trouvons, au milieu des crises et des épreuves, la France a besoin d'abord d'être gouvernée.

« Alors que tous les grands pays développés connaissent une crise politique qui les affaiblit dangereusement, la France est la seule à pouvoir s'appuyer, en ce moment crucial, sur l'efficacité de ses institutions.

« Ne réveillez pas les vieux démons, n'ouvrez pas la porte à toutes les féodalités, à toutes les factions, à toutes les communautés qui rêvent d'affaiblir l'Etat.

« Parce que lorsque vous aurez de nouveau détruit l'autorité de l'Etat que le général De Gaulle a si patiemment reconstruite, que restera-t-il à opposer à toutes les forces qui n'ont jamais accepté la souveraineté du peuple ?

« Qu'opposerez-vous alors aux marchés financiers et aux forces de l'argent ?

« Une société a besoin de corps intermédiaires, mais méfiez-vous que les corps intermédiaires ne confisquent pas la souveraineté du peuple comme ils l'ont fait si souvent dans notre histoire.

« Vous dites que vous êtes la gauche.

« Mais laquelle ?

« Il y a tellement de gauches...

« Je ne vous dis pas, moi, que nous sommes la droite.

« Il y a tellement de droites.

« Dites-nous plutôt ce que vous voulez, si vous voulez quelque chose. Si vous ne voulez rien, comme les politiciens de la fin de la IIIe et de la IVe République, alors la cause est entendue : vous allez commettre une faute irréparable contre l'Etat, contre la nation et contre la République, parce que, dans les circonstances actuelles, tout ce qui ne sera pas défendu sera emporté... »

J'aurais dit aussi à la gauche :

« Vous avez menti pendant cinq ans, vous avez menti pendant toute la campagne et vous n'avez pas menti sans faire exprès, vous avez menti délibérément. Vous avez menti sur la crise qui soi-disant n'était responsable de rien. Vous avez menti sur le coût du travail qui soi-disant n'était pas un problème. Vous avez menti sur le traité européen qui soi-disant était un abandon de la souveraineté et que vous ne ratifieriez pas... Et, maintenant, vous dites le contraire, vous ne savez toujours pas quoi faire, parce que le mensonge ça ne fait pas une politique. Mais ça affaiblit la démocratie, ça affaiblit les institutions, ça abaisse la politique, ça renforce les extrêmes. Vous avez menti parce que vous n'aviez rien à dire, parce que vous n'aviez pas de réponses ou parce que vous ne vouliez pas en avoir. Vous n'en avez toujours pas, mais vous ne pouvez plus mentir tout le temps, vous ne pouvez plus laisser à d'autres le soin de répondre. Maintenant c'est à vous de répondre. Vous êtes bien obligés de regarder la réalité en face. »

En regardant ceux qui ont maintenant en charge les destinées du pays, j'ai eu le sentiment que la gauche qui revenait était une gauche qui, depuis bien longtemps, avait baissé les bras.

Elle avait baissé les bras devant le chômage avec Mitterrand. Elle avait baissé les bras devant l'argent avec Bérégovoy. Elle avait baissé les bras devant les enfants gâtés de Mai 68. Elle avait baissé les bras devant les corporatismes. Elle avait baissé les bras devant les Verts.

Ce qui m'a frappé le plus dans le discours du Premier ministre, c'était son incapacité à sortir du cadre.

On aurait pu attendre de la gauche une audace, une idée neuve, une transgression, un souffle, un élan. Rien n'est venu. Pour le nouveau Premier ministre, la droite, c'était la baisse des dépenses et des impôts, la gauche, c'était le contraire. Voilà tout ! Pendant cinq ans, Nicolas Sarkozy n'avait cessé de sortir du cadre, de bousculer les préjugés, de déplacer les lignes pour faire face à l'extraordinaire nouveauté des défis. Le contraste était saisissant et inquiétait quand on savait les épreuves qui nous attendaient.

La tristesse du mois de mai ne m'avait pas quitté quand, à Arles, à la fin du mois de juillet, j'allais rendre visite à l'un de mes anciens instituteurs. Je ne l'avais pas revu depuis plusieurs années.

Les gens de ma génération n'oublieront jamais ce qu'ils doivent à ces maîtres dévoués qui ne nous passaient rien mais qui nous aimaient. C'était avant les méfaits du pédagogisme, quand nos maîtres ne nous demandaient pas ce que nous avions envie d'apprendre mais cherchaient à ouvrir nos jeunes intelligences.

Ils voulaient nous aider à devenir un jour des adultes et non à rester de grands enfants. Ils nous apprenaient le mérite, le devoir et la politesse.

Nous ne comprenions pas pourquoi ils nous obligeaient à apprendre par cœur des noms de villes, de montagnes et de fleuves, des noms de rois, des dates de batailles et des poèmes qui parlaient de la beauté du monde. Nous ne comprîmes que beaucoup plus tard qu'ils nous avaient donné un trésor inestimable.

Le soir, une ou deux fois par semaine, nous chantions *La Marseillaise* et *Le Chant du départ*. Parfois, le maître sortait un vieil accordéon et jouait devant nous.

C'était une ancienne France, une ancienne République qui, à cette époque, n'avait pas encore disparu : celle des maîtres en blouses grises auxquels Jules Ferry avait écrit : « Monsieur l'instituteur, vous êtes l'auxiliaire du père de famille : parlez à son enfant comme vous voudriez qu'on parle au vôtre… »

« Monsieur l'instituteur… » C'était une France qui ne reviendra pas et qui n'avait pas que des vertus. Mais c'était une France dont nous avons peut-être encore quelques leçons de civilisation à recevoir.

« Monsieur l'instituteur… » Sa vie avait épousé le XXe siècle et ses tragédies. Son père tué dans la Résistance, son fils tué en Algérie, sa mère et sa femme mortes de chagrin… C'était un homme meurtri mais que la douleur n'avait jamais enfermé dans la colère ni dans le ressentiment. Il n'avait jamais songé à se venger de personne. Il avait reporté tout son amour sur les petits qu'on lui confiait et dont il se sentait responsable.

Il avait tout lu. Il aurait pu devenir professeur de lettres, mais il n'avait pas voulu. Ce qui le passionnait, c'étaient les enfants. A quatre-vingt-dix ans passés, son intelligence était restée vive. Il se tenait au courant de tout. Depuis l'école primaire, je ne l'avais jamais perdu de vue. Longtemps, il m'avait tutoyé, puis, un jour, je ne me souviens plus quand, il s'était mis à me vouvoyer. Nous nous écrivions de temps en temps. La lettre que Nicolas Sarkozy adressa en 2008 aux éducateurs lui doit beaucoup.

En cet été 2012, j'avais envie de parler avec ce maître d'école, comme nous disions alors, dont le visage était devenu, avec le temps, celui de tous les instituteurs de mon enfance.

Je n'étais pas revenu à Arles, ma ville natale, depuis longtemps. J'avais peu à peu espacé mes visites, puis je n'étais plus venu du tout. Trop de fantômes. Même le souvenir des jours heureux avec ses visages d'êtres aimés que la mort m'avait pris m'était devenu douloureux.

Comme le souvenir est voisin du remords... Mais on finit toujours par revenir. Tout vient de l'enfance et y retourne. L'innocence perdue ne se retrouve jamais mais on est plus fort quand on se souvient d'où l'on vient. Je n'avais pas oublié. Je n'ai jamais oublié. Je n'ai jamais oublié la petite maison à l'ombre des arènes, la vieille école aux planchers effondrés, le visage si doux de ma mère, cette femme dénuée de toute méchanceté dont la vie, si courte, n'avait pas connu un instant de repos et si peu de bonheur, hormis celui qu'elle avait éprouvé en regardant grandir ses enfants.

Je n'ai jamais oublié la nuit où elle est morte, où mon cœur d'enfant a cessé de battre en moi à jamais. J'avais vingt-trois ans. Elle en avait quarante-trois. De cette mère qui, avec ma grand-mère, nous a élevés seule ma sœur et moi, j'ai gardé le souvenir d'une tendresse infinie et d'une dignité exemplaire. L'enfant que j'étais trouvait parfois cette dignité trop rigide, parce qu'il ne mesurait pas encore ce que représentait pour ces deux femmes l'orgueil de ne rien devoir à personne, ce « devoir d'orgueil », comme disait Philippe Séguin, qui les faisait tenir debout quand la vie était trop dure.

Je pleurais quand ma mère et ma grand-mère refusaient l'invitation qui m'était faite d'aller goûter chez le fils d'un médecin ou d'un avocat, parce que c'était une invitation que nous ne pouvions pas rendre.

C'est peut-être pour cela que je n'ai jamais supporté d'entendre dire que la pauvreté était la cause de la délinquance. On ne devient pas un voyou parce que l'on est pauvre. Chez les pauvres, on éduque souvent mieux les enfants que chez les riches. On leur apprend les valeurs de l'effort, du travail et de l'honnêteté. Il y a du mépris de classe dans le lien qu'établit une certaine gauche entre la pauvreté et la délinquance. Comment n'y verrais-je pas une insulte à ces deux femmes qui m'avaient élevé avec cette rectitude que l'on trouvait si fréquemment chez ceux que l'on appelait « les travailleurs », qui croyaient à la République et à l'école qui permettaient à leur enfant de devenir quelqu'un, comme on disait alors. Leur amour pour leurs enfants se voyait aux sacrifices qu'ils faisaient pour eux et à la sévérité d'une éducation qui ne concédait rien à « l'enfant roi » auquel on passe tous ses caprices pour avoir la paix.

Je ne dois mes faiblesses qu'à moi-même, mais je ne dois qu'à l'éducation que j'ai reçue tout ce qu'il peut y avoir de bon en moi.

Le Premier Homme de Camus est, sans doute, le livre qui m'a le plus profondément ému. Camus est mort dans un accident de la route. Dans la voiture on a retrouvé ce manuscrit inachevé où il racontait son enfance. En le lisant, j'ai eu le sentiment qu'en parlant de lui il parlait de moi.

La grand-mère aimante et un peu sévère qui tenait la maison. La mère qui faisait des ménages. M. Germain, l'instituteur, qui avait fait passer au petit Camus le concours des bourses pour entrer au collège et qui ressemblait aux instituteurs de mon enfance. Les livres que l'on empruntait à la bibliothèque parce qu'il n'y avait pas de livres à la maison. Et cette phrase qui m'a tant bouleversé à propos du questionnaire que l'on donnait à remplir à l'élève, au début de l'année scolaire, où l'on demandait la profession des parents. Pour sa mère, l'enfant n'avait pas voulu écrire « femme de ménage ». Il avait hésité, puis il avait fini par écrire « domestique ». Et Camus écrit que, « ce jour-là, il avait, pour la première fois, éprouvé la honte et la honte d'avoir eu honte »...

En lisant cette phrase, les larmes m'étaient montées aux yeux...

L'instituteur habitait près des arènes, à côté de l'église de la Major où j'avais été baptisé. C'était le point le plus haut de la ville. En contrebas, l'obscurité avait déjà envahi les rues. Victor Hugo avait raison, on ne devrait pas dire la nuit descend mais la nuit monte...

J'ai trouvé le vieil homme très en forme. Il m'a expliqué que le seul combat qui comptait pour lui, et auquel il consacrait désormais tout son temps et toute son énergie, était la lutte acharnée que son esprit menait pied à pied pour ne pas se laisser submerger par la vieillesse :

— Quand on est comme moi, presque au bout du chemin, m'a-t-il dit, on avance lentement, un pas après l'autre, en regardant où l'on met les pieds. On prend la vie comme elle vient en essayant d'en profiter le plus possible, de ne pas laisser passer la moindre raison d'être heureux. J'ai relu *Les Contemplations*. J'ai copié quelques vers sur un cahier :

Vivez ! Aimez ! Ayez les bonheurs infinis.
Oh ! les anges pensifs, bénissant et bénis,
Savent seuls, sous les sacrés voiles,
Ce qu'il entre d'extase, et d'ombre, et de ciel bleu,
Dans l'éternel baiser de deux âmes que Dieu
Tout à coup change en deux étoiles !

Un instant, ses yeux se sont perdus dans l'infini qui donne à ceux qui osent le regarder, même s'ils ne sont pas croyants, ce sentiment étrange d'être un pont entre les vivants et les morts.

En souriant, il m'a dit :

— Ils n'ont pas aimé que vous parliez – une plume ça n'avait pas le droit de parler. J'ai vu qu'à Villepinte, lorsque vous avez parlé juste avant le Président, ils l'ont mal pris.

— Ça m'a incité à parler davantage, lui ai-je répondu. A Villepinte, ceux que ça a le plus énervés étaient ceux que je voyais passer tout leur temps à essayer de prendre la place des autres. C'était plutôt comique.

— Enfin, maintenant, vous êtes un homme libre.

— Mais je n'ai jamais cessé de l'être !

— Quand on engage en parlant quelqu'un d'autre que soi-même, on n'est pas vraiment libre. Vous engagiez le Président, ce n'était pas rien. Pour rester libre, n'aurait-il pas mieux valu au fond rester protégé par l'ombre et le silence ?

— Que vaut une liberté dont ne fait rien ? Oh, je sais ! On m'a dit que j'avais bradé mes convictions. Mais Nicolas Sarkozy ne m'a jamais demandé de trahir mes convictions et je n'ai jamais eu à me poser la question.

— Mais vous étiez si différents…

— Nous avions aussi tellement de choses en commun qui se sont révélées peu à peu.

— Vous qui étiez si intransigeant, vous avez quand même dû apprendre à transiger.

— En soi ce n'était pas un mal. Mais ce n'était pas tellement le problème. Ce qui comptait, c'était d'être d'accord sur l'essentiel, nous l'avons été. Après tout, Michel Debré n'était pas d'accord avec le général De Gaulle sur l'Algérie et sur l'élection du président de la République au suffrage universel. Mais il est resté gaulliste jusqu'au bout parce qu'il était d'accord sur ce qu'il considérait comme l'essentiel.

Nous avons appris l'un de l'autre. Nous nous sommes respectés. Nous avons évolué.

Je suis arrivé à l'Elysée avec une idée de la France et de la politique. Je n'en ai pas changé, et j'ai plutôt l'impression de l'avoir bien servie pendant ces cinq ans. Sauf que c'était dans le monde réel et pas dans celui des rêves.

— On a souvent dit que vous étiez un auteur et lui un acteur.

— C'est ce que m'a dit Denis Podalydès, vous savez, l'acteur qui a joué le rôle de Nicolas Sarkozy dans le film *La Conquête*.

Je lui ai répondu que la politique, ce n'était pas du théâtre, parce que, au théâtre, l'acteur joue le rôle de quelqu'un qui n'est pas lui, tandis que dans une campagne présidentielle le candidat ne joue que son propre rôle. Bruno Ganz n'est pas Hitler et André Dussolier n'est pas Staline. L'homme politique, lui, ne joue pas la comédie, il est responsable de tout ce qu'il accomplit.

Louis Jouvet racontait qu'un comédien lui avait dit un jour : « Je suis religieux, je l'ai toujours été et j'ai hésité longtemps pour savoir si je n'entrerais pas dans les ordres, mais je trouve que notre métier nous fait mieux comprendre qu'à personne la vanité de la vie, l'interrogation qu'elle porte à tous moments. »

Mais pour la politique, la vie ne peut pas être vaine. Comment prendre au sérieux un homme politique qui ne prendrait pas la vie au sérieux ? L'homme politique qui serait convaincu de la vanité de la vie se moquerait du monde.

— Ceux qui ne vous aimaient pas, en parlant de vous, sont allés jusqu'à parler de « nègre ».

Ceux qui n'aimaient pas Nicolas Sarkozy l'ont présenté comme un « ventriloque ».

— Il n'y a eu ni nègre ni ventriloque. Juste deux hommes qui s'estimaient et qui se respectaient, qui aimaient les mots et les idées. Deux hommes qui prenaient la politique au sérieux.

— Vous êtes devenus amis ?

— Je crois que oui.

Je ne saurais dire d'où est venue cette confiance entre nous qui nous a fait nous ouvrir ainsi l'un à l'autre alors que tant de choses semblaient nous séparer. Il faut laisser à l'amitié sa part d'indicible mystère.

— Qu'est-ce qui vous a fait aller vers lui ?

— Je l'avais rejoint en 2006 pour la campagne présidentielle parce que je n'avais pas rencontré beaucoup d'hommes politiques qui avaient assez foi dans la politique pour penser qu'elle pouvait changer le destin du monde, et il avait cette foi.

— Vous avez toujours été en accord avec vous-même durant ces cinq ans ?

— Dans la vie, il y a ce que l'on fait avec soi-même et ce que l'on fait avec les autres.

La politique, c'est quelque chose que l'on fait avec les autres, donc il faut tenir compte de ce que pensent les autres, de ce que veulent les autres.

Ceux qui vivent la moindre concession comme un reniement et comme une souffrance ne s'engagent jamais. Si l'on veut construire avec les autres, si l'on veut partager avec eux, il faut être capable de faire un pas vers eux, c'est comme ça, il n'y a pas de choix.

Le reniement, c'est autre chose, c'est une négation de soi, un abandon. Pendant cinq ans, pas une fois je n'ai eu le sentiment de me renier. Je n'étais pas prisonnier. J'étais libre de m'en aller si ma conscience l'exigeait. Je suis resté.

Je n'ai pas toujours été d'accord – on n'est jamais d'accord à 100 % – mais je n'ai jamais eu de cas de conscience. Alors je suis resté. Rien ni personne ne m'y a forcé, sauf le sentiment que j'avais d'être utile à la cause que j'avais toujours voulu servir.

Vous savez, le Sarkozy que j'ai côtoyé pendant cinq ans à l'Elysée ne ressemblait pas du tout à la caricature que ses adversaires en ont fait.

Cette pensée ne m'a pas quitté tout le long du chemin du retour. Dans la nuit tiède, sous le ciel étoilé, je revoyais nos conversations nocturnes à l'Elysée quand, parfois, après le dîner, il venait me rendre visite dans mon bureau alors que j'écrivais. Nous discutions de la différence infime qui sépare le ridicule du sublime, des totems et des tabous de la société française et du style. Il disait : « Le style, c'est majeur, le style... » Nous échangions paisiblement sur ce qu'il pouvait dire et sur ce qu'il pouvait faire.

C'étaient des moments privilégiés, sans ces jeux de rôle inévitables lorsqu'il y a plus de deux personnes en présence. Nous pouvions parler librement sans être obligés de jouer la comédie des institutions.

Quand il quittait mon bureau, je me remettais à tirer, jusqu'au matin, le fil de mon discours en butant sur les mots devant la page blanche. Car un discours, c'est un fil que l'on tire. Un fil qui ne doit pas se rompre. Il faut prendre la main de la foule au début et ne plus la lâcher.

Ah, toutes ces nuits d'insomnie « aussi pleine[s] de songes que de sommeil », consacrées au long combat toujours recommencé des mots et des idées ! Hugo a dit : « L'inconvénient des mots, c'est d'avoir plus de contour que les idées. Toutes les idées se mêlent par les bords ; les mots non. L'expression a des frontières, la pensée n'en a pas[2]. »

Parfois, une idée qui surgissait au creux de la nuit dans ce dialogue singulier réapparaissait des semaines plus tard dans une réunion. Car cet homme, qui se rappelait tout, mûrissait longuement les idées. Lui que l'on disait impétueux ne prenait jamais une décision importante sans réfléchir longuement, sans écouter tous les avis.

J'ai vu, dans ma vie, beaucoup de décideurs faire semblant d'écouter. Lui ne faisait pas semblant. Il détestait l'indécision. Mais, tant que son opinion n'était pas faite, il laissait la porte ouverte à tous les points de vue. Combien de fois l'ai-je vu faire évoluer sa pensée parce qu'il trouvait convaincants les arguments qu'on lui opposait ? Nicolas Sarkozy aimait décider. Il décidait tout le temps, c'était une machine à décider mais qui n'était ni aveugle ni sourde.

Une question l'obsédait : comment faire avancer le pays sans susciter la violence ? Il disait que le cimetière des réformes était rempli de réformes qui devaient tout résoudre mais qu'il avait fallu abandonner parce qu'elles s'étaient heurtées à une opposition trop violente. Lui qui croyait tant à la volonté politique pensait que le pire, c'était de mal évaluer ce que la société était capable de supporter et d'être obligé de reculer. Je l'aimais pour cela. J'avais gardé en mémoire deux épisodes de notre vie politique auxquels j'avais jadis été mêlé. Le premier, c'était la manifestation des pêcheurs à Rennes en 1994. Confrontés à une situation dramatique, ils avaient réclamé l'aide du gouvernement qui leur avait répondu que les caisses étaient vides et que les critères de Maastricht lui ôtaient toute marge de manœuvre financière. Ils avaient manifesté à Rennes avec la brutalité du désespoir. Le centreville avait été saccagé. Le palais de justice avait brûlé. J'étais à l'époque conseiller de Charles Pasqua alors ministre de l'Intérieur. Je me souviens que la violence avait été telle que l'on avait craint qu'il n'y eût des morts. Les pêcheurs n'étaient pas des voyous, que fallait-il faire face à cette souffrance désespérée ? Le gouvernement avait cédé, et on avait trouvé l'argent pour aider les pêcheurs et pour réparer les dégâts…

Le second épisode remontait à 1995. J'étais commissaire au Plan. Lors d'une conversation avec un conseiller du Premier ministre Alain Juppé, j'avais fait remarquer à mon interlocuteur, qui égrenait la longue liste des mesures difficiles que le gouvernement, selon lui, devait prendre, que c'était peut-être beaucoup. Il m'avait répondu que, tant qu'à être impopulaire, c'était le moment de charger la barque. Quand je lui avais dit qu'une barque trop chargée finissait par couler, j'avais senti sa perplexité. Et pourtant, la réforme de l'assurance maladie plus la réforme du régime de retraite des cheminots, c'était trop d'un coup. La barque, on s'en souvient, avait coulé…

Je me remémorais la fin de la conversation que je venais d'avoir avec l'instituteur. Quand je lui avais dit :

— Pendant cinq ans, avec Sarkozy, il y a eu beaucoup de réformes. Il n'y a pas eu une seule reculade. Il n'y a pas eu une seule violence.

Il m'avait répondu :

— Mais il y a quand même eu des émeutes dans les banlieues.

— C'est vrai, mais cette violence n'avait rien à voir avec celle des pêcheurs, avec le désespoir des travailleurs qui n'en peuvent plus. La plupart du temps, il ne s'agissait que d'un défi lancé à la République par des bandes ou des trafiquants qui ne voulaient pas que les lois s'appliquent sur un territoire qu'ils considéraient comme le leur. Il y a beaucoup de souffrance sociale dans ces quartiers. Et cette violence ne fait que l'aggraver.

Cet affectif allait toujours chercher ceux dont il ne se sentait pas ou pas assez aimé. Il était prêt à tout leur pardonner pour que changent leurs sentiments à son égard. Cela énervait beaucoup ses amis, mais le mettait à l'abri de l'enfermement et du sectarisme. « Ouvrez-vous aux autres ! », ne cessait-il de répéter à ses amis. « Si je suis capable de pardonner les offenses, moi qui ai été plus offensé qu'aucun d'entre vous, vous pouvez pardonner aussi. » Je me souvenais de ce moment où, à Tripoli, Bernard-Henry Lévy était venu nous serrer la main, à Alain Juppé et à moi. L'un et l'autre, nous avions eu avec lui, dans le passé, de dures polémiques. Nous avons néanmoins pris cette main tendue. Quelques instants après, Nicolas Sarkozy était venu vers nous et nous avait félicités de l'avoir fait. Ce que ses adversaires prenaient pour du cynisme, c'était de l'affect.

Quand il est entré à l'Elysée, Nicolas Sarkozy était un homme profondément meurtri. La campagne avait été en même temps une magnifique aventure politique et un cauchemar personnel. Il avait puisé dans le soutien que les Français lui avaient témoigné tout au long de celle-ci la force de supporter la douleur d'une séparation dont il n'avait pas su voir les signes avant-coureurs. Dès qu'on l'a senti blessé et vulnérable, on l'a attaqué souvent avec une incroyable bassesse. Ce qu'on lui a reproché pendant les premières semaines de son mandat s'expliquait par le désespoir dans lequel l'avait plongé le drame personnel qu'il était en train de vivre.

Le plus dangereux, pour lui, à ce moment-là, c'était que le pouvoir devienne une échappatoire à sa souffrance. Il n'est pas tombé dans ce piège mortel. Il s'est reconstruit. Carla, son épouse, l'a aidé. Elle l'a apaisé. Elle lui a donné une petite fille. Pour elle, il a appris à prendre le temps de lire, de regarder des films, d'aller au théâtre.

En 2007, il avait voulu consacrer son discours pour la jeunesse à l'amour.

Il avait cité Albert Cohen : une phrase du *Livre de ma mère*. Ce livre, il l'avait offert à ses fils quand ils avaient été en conflit avec leur mère. « Aucun fils ne sait vraiment que sa mère mourra, et tous les fils se fâchent et s'impatientent contre leurs mères, les fous si tôt punis. »

Il avait ajouté : « Aimer : c'est s'engager, se donner sans retour, avec une générosité infinie, c'est abolir toutes les barrières, toutes les distances, accepter de devenir sensible, vulnérable. Celui qui ne s'engage jamais, qui ne se donne jamais, qui se protège, qui garde ses distances, qui refuse de prendre des risques, celui-là passe à côté de ce que la vie a de plus beau, de plus grand, de tout ce pour quoi elle mérite d'être vécue. »

Aimer, c'est prendre en partage les joies et les douleurs de l'autre, même les plus indicibles, les plus secrètes, celles qui ne se montrent pas, qui affleurent à peine dans un regard ou un sourire et que l'amour seul peut surprendre.

Celui qui n'a couru toute sa vie qu'après le pouvoir et qui le tient enfin ne met pas longtemps à découvrir l'ambiguïté de sa victoire. Le voilà en effet brutalement privé de ce qui lui permettait d'échapper à lui-même. Au sommet, l'ascension s'arrête et apparaît pour ce qu'elle est en réalité : une fuite en avant face à la difficulté de vivre. Celui qui avait escompté que le pouvoir le dispenserait d'avoir à répondre aux questions qu'il n'avait jamais eu la force de se poser découvre que le pouvoir qui devient sa propre fin n'apporte aucune réponse et que, loin d'apaiser, il rend l'angoisse plus terrible encore. On dit que l'argent ne fait pas le bonheur. Le pouvoir non plus. Pour la même raison : l'avoir ne répond jamais aux besoins de l'être. Pour ne pas être détruit par le pouvoir, pour trouver dans l'exercice du pouvoir un peu de bonheur au lieu de beaucoup de malheur, il faut mettre quelque chose au-dessus, il faut mettre le pouvoir au service de quelque chose de plus grand et de plus fort que lui, ce quelque chose, c'est l'amour.

On dira ce que l'on voudra de Nicolas Sarkozy, de ses faiblesses, de ses failles. Nul ne sait quelle blessure intime peut pousser l'homme politique à s'avancer ainsi sous le regard de tous. Mais on ne pourra pas lui reprocher de ne pas s'être assez engagé, de s'être trop protégé. Il a accepté de devenir vulnérable. Il a pris le risque de souffrir en se donnant sans retenue. Il fallait beaucoup de générosité pour s'exposer ainsi, pour prendre de tels risques. Je sais que ce n'est pas l'image que l'on en a. Mais quand l'Histoire lui rendra justice, l'amour qu'il portait aux gens se verra mieux dans le don total de soi que cet homme plein de faiblesses a fait à son pays dans l'épreuve du pouvoir – la plus terrible peut-être que l'on puisse imaginer dans une vie.

On pouvait être en désaccord avec lui, on pouvait le détester, le haïr même, mais on ne peut pas lui enlever cette envie d'aimer autant que d'être aimé qui l'a rendu si fragile, si vulnérable, mais qui lui a fait accomplir ce que peu d'hommes politiques de sa génération auraient été capables d'accomplir.

— Il y avait quand même de la brutalité chez lui.

— C'était celle de tous les affectifs. C'est leur seule façon de se protéger. Je sais que c'est difficile à comprendre quand on n'est pas soi-même un affectif. Mais Sarkozy n'était pas brutal dans l'exercice du pouvoir. Il était brutal quand on le blessait dans ses sentiments, quand on blessait ceux qu'il aimait, ou quand, subitement, il se sentait trop vulnérable parce qu'il s'était trop ouvert. Ce n'était pas du tout ce qu'en politique on appelle « un tueur ». C'était un combattant, pas un tueur. Chez cet homme, qui détestait les conflits de personnes, sommeillait l'instinct du guerrier toujours prêt à se précipiter sur le champ de bataille.

Ce fut sans doute l'un des traits de sa personnalité les plus difficiles pour lui à canaliser dans l'exercice de sa fonction de Président. Car, si on loue le Président d'être un combattant sur la scène du monde pour faire prévaloir les vues de la France, il ne peut pas, en revanche, l'être sur la scène intérieure. Le Président, bien qu'il soit le chef d'une majorité présidentielle, incarne, avant toute chose, l'unité de la nation. Il se trouve dans cette position inconfortable d'être attaqué sur sa politique et sur sa personne sans pouvoir rendre les coups qu'on lui porte. Situation difficilement supportable pour un tempérament combatif qui, toute sa vie, a rendu coup pour coup, et qui doit prendre énormément sur lui pour se tenir désormais au-dessus de la mêlée.

Ce fut d'autant plus dur pour lui que les attaques furent souvent ignobles. Par un effort, je crois, presque surhumain, il parvint à contenir de mieux en mieux ce qu'il y avait en lui de guerrier, au moins jusqu'à la campagne présidentielle. Ce ne fut qu'à partir de Bayonne où il a été pris dans une véritable embuscade tendue par ses adversaires que, de nouveau, il est descendu dans la mêlée.

Tout au long sa vie, l'adversité l'avait stimulé et grandi. Il illustrait à merveille la phrase de De Gaulle dont il aurait pu faire sa devise : « La vie c'est la vie, c'est-à-dire un combat. » Les épreuves le renforçaient. Il avait affronté de terribles déceptions sentimentales, d'effroyables défaites politiques. Il en était toujours sorti plus fort et il allait à l'épreuve avec cette sorte de jubilation qu'ont ceux qui sont convaincus que quoi qu'il arrive, victoire ou défaite, ils s'en sortiront toujours.

On a cherché à le ridiculiser en le comparant à Napoléon. On a eu tort. La comparaison avec le génie napoléonien était évidemment absurde. Mais l'étude des caractères aurait révélé bien des points communs. Le livre qui, peut-être, nous en dit le plus long sur la personnalité de l'Empereur, c'est celui que Malraux a fabriqué à partir de la correspondance et des dépêches, *Vie de Napoléon par lui-même*. J'y ai trouvé la même foi en son étoile, la même certitude de pouvoir peser sur les événements, la même assurance de pouvoir tout trancher, la même incapacité à supporter qu'une chose ne soit pas faite alors qu'elle devrait l'être, la même impatience devant l'action. Quand on conseillait à Nicolas Sarkozy d'attendre, il répondait toujours la même chose : « Attendre ? Attendre quoi ? »

Quand je le regardais prenant, autant qu'il le pouvait, l'Histoire à bras le corps, je me disais qu'il faisait partie de cette race d'hommes qui, au fond d'eux-mêmes, éprouvent toujours l'immense frustration de n'avoir qu'une vie pour satisfaire leur boulimie de réussites et de conquêtes. Il s'en était consolé en se persuadant qu'il serait capable d'avoir quand même plusieurs vies successives en une seule. Défi redoutable quand on a commencé par une vie de président, car il est presque impossible pour un ancien président de redevenir, un jour, un homme tout à fait comme les autres.

En attendant, il s'efforçait de vivre plusieurs vies en même temps dans sa vie de président. C'était peut-être la vraie raison pour laquelle il avait tendance à se mêler de tout. Mais, un jour, *le Destin prend des clous, un marteau, des carcans, et saisit, pâles et vivants, ces voleurs de tonnerre*[3]...

Les hommes comme lui ont plus besoin encore que les autres d'aimer et d'être aimés. Peut-être pour ne pas être dévorés par le pouvoir ou, peut-être, parce que le seul vrai pouvoir est celui qui repose sur la profondeur des sentiments. Quoi qu'il en soit, pendant la campagne de 2007, il me faisait parfois penser à Bonaparte en Italie, meurtri de jalousie et écrivant à Joséphine, entre deux ordres à l'armée, des lettres enflammées et pleine de reproches.

La conversation s'était arrêtée là.

Quand nous nous revîmes le lendemain en fin d'après-midi, le vieil homme m'accueillit en me disant :

— Vous croyez que l'on peut être heureux à l'Elysée ? Un jour, vous avez déclaré qu'en arrivant vous aviez pensé à Pompidou.

— J'ai toujours eu le sentiment, lui dis-je, qu'il avait été le Président qui, humainement, avait le mieux surmonté l'épreuve du pouvoir.

Quand on lui avait demandé son idée du bonheur, il avait répondu en citant Baudelaire : « Au coin du feu, le soir, auprès d'une âme aimée. » Lors d'une conférence de presse où on l'avait interrogé sur le suicide de Gabrielle Russier, ce professeur de lettres de trente-deux ans qui était tombée amoureuse d'un de ses élèves, il avait répondu par ces vers d'Eluard qui venaient du cœur :

Moi, mon remords, ce fut
La victime raisonnable
Au regard d'enfant perdue
Celle qui ressemble aux morts
Qui sont morts pour être aimés.

Dans les moments difficiles, Georges Pompidou avait la poésie, et l'être aimé.

— Et Nicolas Sarkozy ? Au début, on avait l'impression qu'il n'était pas à sa place dans ce palais. Après on s'est habitué…

— L'amour l'a empêché d'être dévoré par le pouvoir, et lui a donné une densité qui l'a aidé à mieux incarner la fonction présidentielle.

On l'a souvent enfermé dans des attitudes, des comportements d'avant qu'il devienne Président ou du début du quinquennat. Pourtant, tout au long de ces cinq ans, il a changé, il a pris de l'épaisseur.

En 2007, il avait déjà dit : « J'ai changé. »

A l'Elysée, il a changé encore plus.

En 2012, c'était devenu un homme d'Etat qui s'était pénétré du rôle singulier de la France dans le monde, et c'était un homme pour lequel la vie prenait enfin réellement du sens en dehors de la conquête.

— Il a été attaqué pendant tout le quinquennat, comme personne ne l'avait jamais été.

— Ils l'ont détesté comme ils ont détesté De Gaulle. « Ils », ce sont tous ceux qu'il a dérangés.

— N'est-ce pas surtout son comportement, notamment au début, qui a choqué ? C'était quand même assez inhabituel pour un président. Il y a eu comme une sorte de désacralisation. Cela m'a un peu rappelé Giscard. Bien sûr, il n'avait pas les mêmes manières. Mais il semblait avoir la même volonté de banaliser la fonction avec en plus le petit côté mal élevé de celui qui ne se retient pas, qui se laisse aller en fonction de son humeur, un peu comme n'importe qui dans les moments où il a envie de tout envoyer promener. Mais le président de la République, ce n'est pas n'importe qui. Il doit se contenir…

— Les temps ont changé. De nos jours le président est traqué par les médias. Avant, il pouvait toujours avoir un instant de répit, de relâchement à l'abri des regards. Aujourd'hui, ce n'est plus possible. Mais Nicolas Sarkozy n'a jamais cherché à mettre en scène la désacralisation du pouvoir présidentiel. Le problème, c'était qu'il n'arrivait pas à dissimuler ce qu'il ressentait. Tout se voyait chez cet homme, ses joies, ses peines, ses souffrances... Il était peut-être, comme je l'ai dit un jour, « humain, trop humain » pour une fonction qui, au moins dans ce qu'elle doit montrer, est profondément inhumaine.

Les Français ne veulent pas partager les joies et les peines du souverain. Ils ont déjà les leurs et ça leur suffit bien. C'est à lui de prendre en charge leurs souffrances et non à eux de prendre en charge les siennes.

— Peut-être a-t-il trop souvent dit « je » ?

— Le « je » est l'affirmation d'une responsabilité personnelle. L'élection du président de la République au suffrage universel, c'est le « je » opposé à tous les pouvoirs anonymes qui, si on les laisse faire, décident de tout mais ne sont jamais responsables de rien. Les Français ne s'y trompent pas quand ils votent aussi massivement et avec autant de passion à l'élection présidentielle. Alors, non, ce n'était pas le « je » qui était en cause. C'était plutôt, le « moi ». Quand on est président, on peut mettre beaucoup de « je » mais pas beaucoup de « moi ». C'est sans doute ce qu'il y a de plus difficile. Au début, les Français ont perçu trop de « moi ». Petit à petit, il a pris sur lui, il a remisé son « moi » dans son for intérieur. Mais l'impression première a laissé une empreinte durable dont ses adversaires se sont servis contre lui.

— Mais le 6 mai au soir, quand il a été battu, les gens ont été émus par son allocution. Ils ont dit : « C'est dommage qu'il n'ait pas été tout le temps comme cela. » Pourtant ce soir-là, c'était bien son « moi » qui s'exprimait avec beaucoup de sincérité.

— C'est vrai. Mais c'est sans doute parce qu'à cet instant, pour les Français, il avait cessé d'être le souverain. Il était redevenu comme eux. C'était de nouveau un homme comme les autres, qui avait des sentiments, des émotions comme n'importe qui, dans lesquels chacun pouvait se reconnaître.

— On peut avoir aimé ou non Sarkozy, mais on est bien obligé de reconnaître que cela a dû être terriblement éprouvant pour lui de voir pendant cinq ans chacun de ses gestes déformé, chacune de ses paroles caricaturée.

— Ce qui était le plus dur pour lui, c'était de se voir renvoyer par tous les médias une image de lui qui n'était absolument pas lui, une image de ce qu'il faisait et qui ne correspondait absolument pas à ce qu'il essayait de faire.

— N'est-ce pas là que l'on mesure l'importance énorme de la communication ? N'a-t-il pas finalement perdu sur ce terrain où il paraissait imbattable ?

— Je crois que la meilleure communication du monde n'aurait pas pu endiguer toute cette haine.

Il se faisait tard. Nous décidâmes d'aller nous coucher et de nous revoir encore le lendemain soir. Je rentrai dans la nuit par la petite rue du Cloître qui passe devant l'école maternelle au seuil de laquelle j'avais pour la première fois quitté les bras de ma mère. Et j'ai pensé alors que c'était parfois peut-être pour toutes les mères qui donnent tant et qui reçoivent si peu que l'on faisait de la politique…

Nous nous sommes retrouvés une nouvelle fois le lendemain soir avec l'instituteur et nous avons repris notre conversation où nous l'avions laissée. Il voulait savoir quelle avait été l'attaque que j'avais trouvée la plus injuste. Je lui ai répondu qu'il y en avait eu beaucoup mais que la pire avait peut-être été le procès qu'on lui avait intenté à propos du discours de Dakar.

— Rendez-vous compte : ils sont allés jusqu'à parler de racisme. Rien ne nous est plus étranger, à lui comme à moi. Jouer avec ce genre de mot avec autant d'inconséquence, c'est jouer avec le feu.

— C'est un peu ce qu'avait dit Lévi-Strauss quand on l'avait accusé de racisme à propos de « Race et Culture ».

— C'était aussi absurde que de dire que le discours de Dakar était raciste. Un jour, à la fin d'un colloque, je crois que c'était aux entretiens de Blois, un jeune étudiant socialiste s'est levé et m'a interpellé sur « le discours raciste de Dakar ». C'est Jacques Julliard, qui participait au débat, qui a pris la parole pour lui répondre. Il lui a dit : « Vous pouvez ne pas être d'accord avec ce discours, mais vous ne pouvez pas dire qu'il est raciste. » Jadis, on appelait cela de l'honnêteté intellectuelle. C'était une forme d'exigence morale que l'intellectuel s'imposait à lui-même. Qu'en reste-t-il, hélas, dans le monde intellectuel d'aujourd'hui ? Vous me direz qu'avant on traitait souvent de fascistes ceux avec lesquels on n'était pas d'accord. Maintenant on les traite de racistes. Est-ce une raison pour s'en accommoder ?

— Non, certainement pas. Mais il y a quand même eu une incompréhension.

— Que certains aient pu être blessés par ce qui a été dit ne m'a pas laissé indifférent. J'ai découvert comment on pouvait détourner totalement le sens d'un discours simplement parce qu'on détestait celui qui l'avait prononcé. Quand Obama a tenu des propos assez similaires sur le fond, personne n'a osé le critiquer. Sarkozy, lui, on l'a insulté. Demandez-vous pourquoi.

— On a dit qu'un président de la République française n'aurait jamais parlé de cette façon à aucun autre continent.

— C'est vrai, parce que les liens de la France avec l'Afrique ne sont comparables à aucun autre. Parce que nous avons pensé qu'il y avait entre les Africains et les Français un lien fraternel qui nous autorisait à nous parler comme on se parle dans une famille. Mais personne n'a relevé que c'était la première fois que la France parlait à l'Afrique sur un pied d'égalité et non comme un tuteur.

— On a parlé de néocolonialisme…

— Pourtant aucun président français n'était auparavant allé aussi loin dans la critique du colonialisme. Peut-être aurait-on voulu qu'il aille plus loin encore. Peut-être aurait-on voulu la repentance. Nicolas Sarkozy ne l'a pas souhaité et il a eu raison. Car si le colonialisme a été une faute, s'il y a eu des exploiteurs, il y a eu aussi des administrateurs, des ingénieurs, des médecins, des instituteurs qui ont sincèrement pensé qu'ils œuvraient pour le progrès, et aussi beaucoup de braves gens qui ont travaillé dur, qui n'exploitaient personne.

— Il y a eu quand même beaucoup de gens qui se sont dits choqués.

— Cela m'a fait penser à ces tests psychologiques où il faut interpréter des taches : une fois que l'on a cru voir une forme dans la tache d'encre, on ne peut plus voir la tache autrement qu'à travers cette forme qui en réalité n'existe que dans l'imagination. Un intellectuel africain a cru reconnaître des passages de Hegel dans le discours. Il se trouve que, quand nous l'avons préparé, je n'ai pas pensé un seul instant à Hegel et que ce discours ne lui devait absolument rien, alors qu'il devait beaucoup en revanche aux poètes et aux écrivains africains du XXe siècle. Mais cela n'avait aucune importance : l'intellectuel avait vu Hegel, donc il y avait Hegel... Comme quoi, un intellectuel peut être aussi pathétique que l'un de ces politiciens qui sont allés au Sénégal s'excuser d'un discours du président de la République qu'ils n'avaient pas fait l'effort d'essayer de comprendre et souvent même de lire. Mais voyez-vous, ce qui fait du mal à l'Afrique, ce n'est pas le discours de Dakar, ce sont tous ceux qui font de la victimisation de l'Afrique leur fonds de commerce et qui ne cessent de la tirer vers le bas.

— Mais pourquoi ont-ils eu autant d'écho ?

— Mais parce qu'on leur en a donné. Parce que l'antisarkozysme était à la mode chez les intellectuels et dans les médias. J'ai été très frappé par ce qu'a écrit un jeune philosophe français d'origine camerounaise : « Tout le monde me parlait du discours de Dakar et j'ai fini par découvrir que la plupart de ceux qui m'en parlaient ne l'avaient pas lu. » Après l'avoir lu, voici ce qu'il dit : « Le discours de Dakar porte une parole forte et vraie qu'ils n'osent pas dire à l'Afrique. Ils ? Ce sont ceux qui passent quelquefois pour l'élite intellectuelle de l'Afrique, moins pour la réalité des avancées suscitées sur ce continent par leurs travaux que pour la reconnaissance qu'ils reçoivent dans certains cénacles internationaux. Ils ? Ce sont ces universitaires d'Europe, notamment en France, qui n'osent pas tenir à l'Afrique le langage de la vérité pour ne pas mettre à mal de vieilles amitiés académiques. Ils ? Ce sont ces politiques qui préfèrent le confort de la langue de bois, convaincus qu'ils n'ont rien à gagner à se mêler de ce qui ne les concerne pas. »

— Il y a eu quand même la fameuse phrase : « L'homme africain n'est pas assez entré dans l'Histoire. »

— On m'a dit : « l'homme africain », c'est une expression raciste. Je n'ai toujours pas compris pourquoi. S'il y a une Europe, il y a « un homme européen ». S'il y a un Occident, il y a « un homme occidental ». S'il y a une Afrique, il y a aussi « un homme africain ». Ce qui ne veut pas dire que tous les Africains sont pareils, pas plus que tous les Européens ou tous les Occidentaux ne sont identiques. A moins qu'il n'y ait pas d'Afrique. Mais alors pourquoi ceux qui se sont montrés les plus indignés ont-ils écrit un livre intitulé : *L'Afrique répond à Sarkozy* ? A vrai dire, la phrase : « L'homme africain n'est pas assez entré dans l'Histoire » faisait écho à la phrase d'Aimé Césaire : « Laissez entrer les peuples noirs sur la grande scène de l'Histoire. » Le fait est qu'ils n'y sont toujours pas assez entrés. J'ai reçu une lettre d'un Africain qui me reprochait de nier que l'Afrique avait une histoire. Mais tout le monde a une histoire ! Ce n'était pas le sujet. Le sujet, c'était de savoir si les Africains, depuis trop longtemps et aujourd'hui encore, ne laissaient pas d'autres qu'eux-mêmes écrire leur histoire à leur place.

— Il y avait aussi le paysan africain pour lequel « tout recommence toujours » et qui ne savait pas ce qu'était le progrès…

— C'est le propre des sociétés paysannes qui ont un rapport au temps marqué par les cycles de la nature. Quand quelqu'un comme Nelson Mandela parlait du village de son enfance, il disait que tout y recommençait toujours, que les filles faisaient la même chose que leur mère et les fils la même chose que leur père.

— Depuis l'Afrique a changé.

— Beaucoup, mais on n'efface pas en quelques générations les archétypes du passé qui restent tapis au fond de la conscience collective. Les historiens des religions disent que les Grecs étaient imprégnés d'une vision encore cyclique du temps et que ce sont les Juifs et les Romains qui ont commencé à le dérouler. Les Lumières ont greffé sur ce temps qui se déroule l'idéologie du progrès. On peut discuter à l'infini pour savoir qui a commencé. Mais quand on pose la question du développement, ce problème du rapport au temps n'est peut-être pas secondaire. Et je ne vois pas comment on peut déceler la moindre trace de mépris par rapport à l'Afrique quand Nicolas Sarkozy dit à Dakar à la jeunesse africaine : « Ceux qui jugent la culture africaine arriérée, ceux qui tiennent les Africains pour des grands enfants, tous ceux-là ont oublié que la Grèce antique qui nous a tant appris sur l'usage de la raison avait aussi ses sorciers, ses devins, ses cultes à mystères, ses sociétés secrètes, ses bois sacrés et sa mythologie qui venait des fonds des âges, et dans laquelle nous puisons encore, aujourd'hui, un inestimable trésor de sagesse humaine. L'Afrique, qui a aussi ses grands poèmes dramatiques et ses légendes tragiques, en écoutant Sophocle, a entendu une voix plus familière qu'elle ne l'aurait cru, et l'Occident a reconnu dans l'art africain des formes de beauté qui avaient jadis été les siennes et qu'il éprouvait le besoin de ressusciter. Alors entendez, jeunes d'Afrique, combien Rimbaud est africain quand il met des couleurs sur les voyelles comme vos ancêtres en mettaient sur leurs masques. [...] Ouvrez les yeux et ne regardez plus, comme l'ont fait trop souvent vos aînés, la civilisation mondiale comme une menace pour votre identité mais comme quelque chose qui vous appartient aussi. [...] »

— Mais cela voulait-il dire, comme ont fait semblant de le croire certains, que l'Afrique était condamnée à être immobile parce qu'elle n'avait pas inventé l'idée du progrès qui nous est venue des Lumières ?

— Au contraire. Ce que nous avons voulu dire à la jeunesse africaine, car c'est à elle que le discours s'adressait, c'est qu'entre la tradition africaine et l'occidentalisme apporté par la colonisation, elle ne devait pas choisir. Elle devait assumer ses deux parts d'elle-même. Senghor n'avait-il pas dit aux Africains : « Nous sommes des métis culturels » ? C'était sur ce double héritage qu'il fallait construire l'avenir. Et surtout ne pas refaire ce que la Russie au XIXe siècle et au début du XXe avait fait avec la lutte acharnée entre l'occidentalisme et le slavophilisme qui l'avait conduite à la catastrophe. Ce que nous voulions dire à la jeunesse africaine, c'était de se défier des politiques progressistes de la table rase qui refusaient le passé autant que des politiques traditionalistes qui refusaient l'avenir. Nous voulions lui dire que, quelle que soit la faute de l'Occident, elle seule pouvait décider maintenant de ce qui allait advenir de l'Afrique, qu'elle devait résolument prendre son futur en main et que nous étions prêts à le faire avec elle dans une relation d'égalité. Nous voulions lui dire : « N'écoute plus ceux qui te racontent que le monde est responsable de tes malheurs. Il n'y a pas le monde d'un côté et toi de l'autre. Tu fais partie du monde. Ce monde est à toi autant qu'à nous. Il ne te satisfait pas ? Tu veux le changer ? Changeons-le ensemble ! » A la jeunesse africaine, nous avons fait la même proposition qu'à celle de la Méditerranée : le travail en commun, le développement et l'investissement partagés pour bâtir un jour la grande Union de l'Europe et de l'Afrique, dont l'Union pour la Méditerranée était à nos yeux la première étape. Une Union de l'Europe et de l'Afrique qui pèserait assez dans le monde pour libérer l'Afrique de toute dépendance. Thabo Mbeki, alors président de l'Afrique du Sud, comprit tout de suite ce que nous proposions à l'Afrique et il adressa à Nicolas Sarkozy pour le remercier une lettre où il citait ces derniers mots du discours de Dakar : « Alors seulement, l'enfant noir de Camara Laye, à genoux dans le silence de la nuit africaine, saura et comprendra qu'il peut lever la tête et regarder avec confiance l'avenir. Il sentira réconciliées en lui les deux parts de lui-même et se sentira enfin un homme comme tous les autres hommes. [...] » Il ajoutait : « Vous nous parlez, à nous Africains, mais j'espère sincèrement que votre message sera entendu pour toute l'humanité. » Il ne fut pas le seul à comprendre le sens de ce message. Beaucoup d'autres Africains le comprirent aussi. Beaucoup ont dit merci à la France d'avoir prononcé ces paroles. Beaucoup me le disent encore. Evidemment, on n'a entendu que les autres.

— Mais la Françafrique avec ses vieilles connivences n'est pas morte !

— Si vous voulez dire qu'il reste beaucoup à faire pour que l'objectif fixé par le discours de Dakar soit atteint, c'est vrai. Mais Sarkozy a commencé. C'était le premier !

— Mitterrand était sur la même ligne : en finir avec les anciennes pratiques.

— Il ne l'a pas fait. Souvenez-vous de la cellule africaine de l'Elysée.

— Mais Sarkozy, qu'a-t-il fait pour que l'Afrique prenne sa place dans le monde et se remette à écrire sa propre histoire ?

— Il a compris que le monde n'était pas divisé en deux avec, d'un côté, les pays développés et, de l'autre, les pays en voie de développement, mais en trois, parce que les intérêts des émergents n'étaient plus les mêmes que ceux des pauvres. Dans les négociations sur le climat, qui engageaient l'avenir de la planète, il fut le seul à prendre le parti des pauvres et de l'Afrique. Et il mit à l'agenda des négociations internationales la régulation des marchés des matières premières et la taxe sur les transactions financières pour faire payer à la finance, qui avait creusé tant d'inégalités, les cent milliards de dollars par an qui seraient nécessaires pour que les pauvres puissent s'inscrire dans le *new deal* écologique dont la planète a besoin.

— Cela n'a pas abouti…

— Si ! Grâce à lui, il y a eu, pour la première fois, un accord sur des objectifs chiffrés. Là encore, même si le chemin qui reste à parcourir est encore long, il restera quelque chose de la formidable énergie qu'il a dépensée, seul face à tous les intérêts coalisés contre les pauvres et contre l'Afrique. Plus personne ne pourra désormais faire comme si tout ce qui a été dit ne l'avait pas été.

Longtemps, je me suis demandé : pourquoi tant de haine ? J'ai dit à l'instituteur :

— Vous savez pourquoi ils l'ont tant détesté ? Parce qu'il voulait gouverner ! Tous ceux qui avaient pris l'habitude de ne plus être gouvernés, de vivre entre eux avec leurs petits arrangements, leurs petits pouvoirs, leurs petits privilèges, qui ne voulaient plus être obligés de partager, tous ceux-là l'ont détesté. Les corporatismes, les communautés, les syndicats, les féodalités locales, les intérêts financiers, les bureaucraties, les corps, les juges, les médias, les mafias de toutes sortes qui s'étaient habitués à la faiblesse et au déclin de la politique se sont ligués contre lui.

Ils ont dit : « Nous défendons la démocratie. » Mais personne ne menaçait la démocratie, sauf eux peut-être, parce que la démocratie, ce n'est pas la confiscation de la souveraineté du peuple par des groupes qui ne veulent pas avoir à rendre des comptes au peuple. Le retour de la politique et avec elle celui de la nation, de la République et de l'Etat, ils n'en voulaient à aucun prix. C'est toujours la même histoire… La nation, ils la détestent parce que c'est un partage et ils ne veulent rien partager. La République, ils la détestent parce que c'est aussi un partage. L'Etat, ils le combattent parce que l'Etat est toujours contre les féodalités. Voilà pourquoi ils l'ont tant haï et pourquoi il y a eu autant de violence autour de la question des corps intermédiaires pendant la campagne de 2012. Voilà pourquoi ils préféraient un président « normal », c'est-à-dire un président qui ne gouverne pas.

— Il est vrai qu'après la chute du mur de Berlin, le monde avait cru que l'Histoire ne serait plus tragique et qu'elle allait s'achever dans le marché mondial et la démocratie.

— Nous sommes alors entrés dans l'ère de ce que l'on pourrait appeler la dépolitisation du monde. La politique était devenue indésirable dans l'économie et dans la société. On a essayé de mettre le monde en pilotage automatique et surtout l'Europe qui, à partir du milieu des années 1980, a commencé à se construire sur l'idée que la concurrence pouvait résoudre tous les problèmes dès lors qu'elle était libérée de toute entrave. Mais les attentats du 11 Septembre, et surtout les quatre années terribles que nous venions de vivre avec leurs successions de crises sans précédent, ont apporté la preuve que nous étions en train de construire le monde sur des idées fausses. Le tragique de l'Histoire et de la politique que beaucoup croyaient disparu à jamais nous a, si je peux dire, remonté à la figure. Avec les souffrances, il a ramené les passions et, avec elles, la politique.

Ce n'est pas un hasard si ce que nous appelons la politique a été inventé en même temps que la tragédie et au même endroit. Les choses ne se sont sans doute pas produites d'un coup. Il y a certainement eu une longue maturation, mais quand l'homme a vraiment commencé à faire de la question du destin un problème, quand il a commencé à prendre en quelque sorte ses distances avec ce qu'il y a de fatal dans sa condition, alors est née la tragédie. C'est décisif, la tragédie, dans l'histoire de l'humanité.

Nietzsche disait : « Grâce à la tragédie, le mythe accède à son contenu le plus profond, à sa forme la plus expressive. Comme un héros blessé, il se redresse une dernière fois, et dans son regard brille d'une ultime et puissante clarté tout l'excès de sa force, allié au calme lucide et résigné des mourants[4]. » Il avait raison sur le rapport au mythe. Mais il avait tort de diagnostiquer son agonie. Le mythe fortifié par la tragédie est resté dans la conscience humaine.

La tragédie a fait monter sur la scène du théâtre antique la face cachée de cette conscience, ce sombre fond de souffrance, de violence, de désir et de sang où se livrent l'éternel combat de l'instinct de vie et de l'instinct de mort qui pèse si lourdement sur le destin de l'homme. Et elle a dit à l'homme que, dans la trame serrée des destinées, une chose au moins n'était pas écrite, une chose au moins ne se décidait pas sans lui : parce que même quand l'issue lui apparaissait fatale, il pouvait toujours accepter ou refuser de se soumettre. Il pouvait toujours dire « non ». Vous connaissez l'expression de Malraux : « Seul l'esclave dit toujours oui. » Il y a toujours cette place-là pour la liberté humaine.

— Mais à la fin, dans la tragédie, ce sont toujours les dieux qui gagnent, donc la fatalité. Prométhée a beau se révolter, ça finit mal pour lui…

— Il a quand même donné le feu aux hommes et ça a tout changé. Dans le *Prométhée* d'Eschyle, on pressent qu'un jour les hommes deviendront plus forts que les dieux.

— Agamemnon sacrifie Iphigénie, Clytemnestre fait assassiner Agamemnon. Oreste tue Clytemnestre… Où est la liberté dans cet enchaînement implacable ?

— Nul n'est obligé, même sous le regard des dieux, de tuer sa mère pour venger son père ! Non, décidément, tout n'est pas écrit et, dans l'aventure humaine, l'angoisse du choix occupe une place au moins aussi grande que le destin. La politique est née dans la prise de conscience de cette liberté comme une tentative de répondre à l'angoisse qu'elle fait fatalement naître. Quand la Pythie a répondu à Crésus qui l'interrogeait sur ce qui arriverait s'il déclarait la guerre à la Perse : « Tu détruiras un grand royaume », elle ne lui a pas dit lequel. Quand on nous raconte cette histoire, nous savons que Crésus a perdu. Mais lui ne le savait pas.

— Au fond, Napoléon n'avait pas tort quand il a dit à Goethe : « Pourquoi on nous embête encore avec le destin ? Le destin, c'est la politique. »

— Oui, la politique, c'est le destin que les hommes se fabriquent.

Dès lors que le problème de la condition humaine a été posé dans les termes de la tragédie, la politique est tragique et il est dans sa nature même d'être confrontée à ce qui est indécidable parce qu'il n'y a de réponse nulle part ailleurs que dans la conscience de chacun. Ce que Nietzsche appelle « le conflit insoluble ».

— En fait elle prend en charge une angoisse qu'elle ne peut pas faire disparaître.

— Rien ne peut délivrer Oreste du remords éternel d'avoir tué sa mère.

— Mais nos sociétés modernes semblent nier farouchement le tragique. Elles lui opposent la démocratie, les droits de l'homme et les marchés élevés au rang de religions. On dirait qu'elles veulent accomplir le vieux rêve romantique de la fin de l'histoire.

— On a toujours cherché à remplacer la tragédie par le drame, c'est-à-dire l'affrontement du bien et du mal, parce que c'est moins angoissant. Mais on n'est jamais allé aussi loin dans la négation du tragique, et c'est bien le problème. On a vu apparaître au cours des dernières décennies une nouvelle idéologie qui prétendait avoir réponse à tout pour que plus personne ne soit plus tourmenté par l'angoisse d'avoir à choisir sans être assuré des conséquences de son choix.

— Quand on n'a plus de questions sans réponses à se poser, c'est plus confortable. Il y a le bien, il y a le mal, tout est simple.

— C'est vrai, j'ai été très frappé, par exemple, de voir le soin méticuleux que l'on a longtemps mis à gommer dans les cérémonies commémoratives le sacrifice des soldats et sa valeur d'exemple pour ne plus parler que de la paix comme s'il fallait à tout prix occulter la guerre. On a essayé de corriger cela parce que occulter la guerre ne sert qu'à faire oublier qu'elle est inhérente à la nature humaine, qu'elle peut toujours revenir. Vous savez, quand on a voulu mettre la guerre hors la loi dans les années 1920, ça s'est assez mal terminé…

— Au fond, quand on a proclamé que l'histoire était finie, cela voulait dire : nous en avons fini avec le tragique.

— Et ça n'a pas marché. Le tragique est encore là. L'homme d'Etat se retrouve toujours seul avec sa conscience au moment de décider. Quand le Président a dû décider s'il fallait intervenir militairement pour essayer de libérer des otages, il était tout seul avec sa conscience, personne ne pouvait dire si c'était la meilleure ou la pire des solutions pour les sauver. Et quand nous nous sommes retrouvés pour la première fois devant les représentants du conseil de transition libyen, nous ne pouvions pas savoir avec certitude qui étaient ces gens-là et si nous pouvions leur faire confiance. Pourtant, il fallait bien décider de leur accorder ou non cette confiance parce qu'il y avait des milliers de vies en jeu. C'est cela, la dimension tragique de la politique.

Le 14 juillet 2008, un contingent de l'armée syrienne a défilé sur les Champs-Elysées avec des soldats de tous les autres pays de la Méditerranée, à l'exception de la Libye. Il y a eu des polémiques à cause du souvenir de l'attentat du Drakkar à Beyrouth en 1983, organisé en sous-main par les services syriens et qui avait coûté la vie à cinquante-huit soldats français.

Lors de la garden-party qui suivit le défilé, une vieille dame est venue me voir. Elle m'a dit : « Je suis la mère d'un des soldats morts dans l'attentat du Drakkar. Voir les soldats syriens sur les Champs-Elysées, cela me fait mal au cœur. Mais si cela peut faire avancer la cause de la paix, alors, vous avez eu raison de le faire... » Si on voulait la paix au Liban, il fallait discuter avec la Syrie. Si l'on voulait sauver les infirmières bulgares enfermées dans une prison libyenne, il fallait discuter avec Kadhafi. Quand De Gaulle, Churchill et Roosevelt ont voulu abattre le nazisme, ils sont allés discuter avec Staline. Etaient-ils sûrs d'avoir raison ? Non, mais ils étaient sûrs qu'ils voulaient abattre le nazisme...

— Pour la Syrie, cela n'a pas été le cas.

— On peut se dire cela aujourd'hui quand on voit ce qui se passe. Mais à l'époque ça a permis d'obtenir la reconnaissance de la souveraineté du Liban par la Syrie...

— Quand il s'agit de la guerre et de la paix, on voit bien la dimension tragique. Mais quand il s'agit de l'économie...

— Mais quand le Président annonce en septembre 2008 à Toulon qu'il ne laissera aucune banque faire faillite, nul ne sait si cela va restaurer la confiance ou provoquer une panique aux conséquences incalculables, parce que chacun va prendre brutalement conscience de l'extrême gravité de la situation. Quand les Américains ont décidé de ne pas sauver la banque

Lehman Brothers, ils pensaient qu'ils allaient assainir la situation et ils ont mis le monde au bord du gouffre…

— La dépolitisation, finalement, c'est la tentative désespérée et dangereuse de se débarrasser une fois pour toutes de la tragédie.

— Vous connaissez le mot de Malraux : « Dieu est mort mais il reste le diable » ? Et le diable, c'est-à-dire le mal, on ne le reconnaît pas toujours au premier coup d'œil.

— Cette pesanteur du tragique ne rend-elle pas la politique désespérante ?

— Non, c'est la conscience du tragique qui ouvre la porte par laquelle l'homme va pouvoir s'élancer vers l'avenir.

— Il y a Prométhée…

— Il y a aussi le chœur d'Antigone qui chante la gloire de l'homme et laisse entrevoir que bien des choses sont possibles :

« Entre tant de merveilles du monde, la grande merveille, c'est l'homme […] »

— C'était le sens du slogan de la campagne de 2007 : « Tout devient possible ! » ?

— Nous avions surtout pensé à la Renaissance. Je me souvenais d'un grand historien auquel un journaliste avait demandé un jour : « Si vous aviez à définir d'une phrase la mentalité des hommes de la Renaissance, que diriez-vous ? » Il avait répondu : « Je dirais : tout est possible. »

On aurait pu le dire aussi des hommes des Lumières, de ceux de la révolution industrielle ou des Trente Glorieuses... Mais d'une certaine façon, oui, cela a commencé avec le chœur d'Antigone. En tout cas, je suis sûr d'une chose : si toutes les réponses étaient écrites d'avance dans le catéchisme des droits de l'homme, de la démocratie et des marchés – qui méritent mieux qu'un catéchisme –, alors il n'y aurait plus de liberté, non seulement de choix, mais même de pensée.

— N'était-ce pas déjà le cas avec le christianisme ?

— René Girard a dit à propos du Christ : « Dieu est devenu une victime afin de libérer l'homme de l'illusion d'un Dieu violent. » Avec le christianisme, on est de plain-pied dans le tragique de la condition humaine. Il ne s'agit pas d'éluder le tragique mais de le regarder en face et de faire un constant effort sur soi pour en sortir par le haut. Regardez comment le tragique hante de pures âmes chrétiennes comme Pascal ou Claudel. Ce que nous vivons, c'est autre chose. C'est une tentative d'en sortir par le bas, par la bonne conscience.

— Un jour, en pleine crise financière, j'ai pris la parole au Congrès des présidents des chambres de commerce. Je leur ai parlé de l'immanence et de la transcendance. Je crois qu'au début ils se sont demandé ce que cela pouvait bien avoir comme rapport, non seulement avec leurs préoccupations, mais aussi avec celles du conseiller d'un président aux prises avec l'une des plus grandes crises économiques de l'Histoire. Et pourtant, il y avait un rapport. La religion du marché nous avait renvoyés au temps d'avant la transcendance, au temps de l'immanence où Dieu était partout, où Dieu était tout, où l'homme ne pouvait pas se confronter à la nature puisque Dieu était la nature.

Le marché avait fini par devenir immanent. Il avait pénétré partout. Il était devenu tout. Il avait toujours raison, on ne pouvait pas aller contre lui. Et il avait fini par nous faire vivre dans cet éternel présent de l'immanence où le temps ne s'écoule plus, parce que le marché ne vit que dans l'instant. Je m'étais un peu amusé avec cette histoire d'immanence et de transcendance mais, au fond, c'était très sérieux. Nous baignons dans l'immanence comme jadis les sociétés archaïques. C'est le paradoxe de notre modernité. Le XXe siècle nous a démontré ce qu'il advenait quand l'Etat devenait tout. Quand l'immanence de l'Etat envahissait tout. Nous sommes en train d'apprendre, en ce début du XXIe siècle, où nous conduit l'immanence du marché. Nous allons peut-être apprendre aussi où nous conduisent celle de l'information et celle de la nature.

— Il est vrai, me dit le vieil homme, que lorsque l'on passe du principe de responsabilité vis-à-vis de toutes les espèces vivantes et des générations futures au principe de précaution, quand on passe du cri salutaire : « Le monde n'est pas une marchandise » à l'injonction faite à l'homme de se soumettre aveuglément à la loi de la nature comme d'autres l'appellent à se soumettre aveuglément à la loi des marchés, alors on laisse de côté la conscience éclairée par la science et la sagesse pour de nouveau emprunter le chemin de toutes les servitudes.

— C'est la même chose, ajoutai-je, quand l'homme est sommé de renoncer à toute forme d'intimité au nom d'une transparence absolue parce que tout doit se fondre dans le grand tout des réseaux sociaux et de l'information en continu, c'est bien encore à l'immanence et à un totalitarisme diffus que l'homme se trouve confronté.

— On dit que la transparence absolue, c'est la démocratie…

— La démocratie, ce n'est pas quand il n'y a plus de mur entre la vie privée et la vie publique. C'est le contraire. La démocratie, c'est quand la vie privée et la vie publique ce n'est pas la même chose. Ou alors c'est une démocratie totalitaire parce que lorsqu'il n'y a plus d'intimité il n'y a plus d'individu. Regardez cette histoire de WikiLeaks : c'est bien beau, la transparence totale, mais on a mis des vies en danger.

— C'est vrai qu'il y a dans tout cela une forme insoutenable d'inconséquence. Mais où vouliez-vous en venir ?

— Ce que je voulais dire, c'est que le désordre auquel nous étions confrontés n'était pas juste un problème de mauvaise gestion mais s'enracinait dans des désordres beaucoup plus profonds et que, si nous ne comprenions pas cela, nous n'en sortirions pas.

Ma conclusion, c'était qu'il fallait absolument réinscrire la politique, l'économie, la société dans la durée. On voit bien qu'il y a deux politiques possibles, celle qui veut à tout prix n'être que dans le présent, et celle qui veut être aussi dans la durée.

— Je comprends bien : si l'on reste uniquement dans le présent, on se condamne à labourer la mer. Vous savez, cela me fait penser aux Capétiens qui ont fait la France parce qu'ils ont suivi la même idée pendant huit cents ans. C'est l'histoire du corps sacré du roi qui ne meurt pas quand son corps périssable meurt. Ça nous a donné la continuité de l'Etat.

Je crois que c'est Pompidou qui disait qu'un pays n'est pas une page blanche.

— Oui, et il avait raison. En politique, il faut prendre l'Histoire où elle en est et essayer de la continuer. Si on abolit l'Histoire, si le temps ne se déroule plus, alors on n'accomplit plus rien.

— Mais beaucoup d'idéologies de la table rase ont été enfantées par un excès, non par manque de politique.

— Trop de politique, c'est l'homme qui finit par se prendre pour Dieu. C'est la folie de l'homme qui veut changer l'homme, c'est Saint-Just, Hitler, Staline, les maoïstes de la Révolution culturelle, les Khmers rouges… Mais pas assez de politique, c'est la porte ouverte au chaos et à la servitude. C'est une folie aussi. Le XXe siècle nous a instruits sur les dangers de l'excès de politique. Au point que nous avons fini par oublier les dangers d'une insuffisance de politique. Pour éviter un malheur, nous en avons peut-être préparé un autre. Quand Freud s'est interrogé en 1929 sur ce qu'il appelait le « malaise dans la civilisation », était-ce important ? L'instinct de vie, l'instinct de mort, qui, parmi les responsables de l'époque, pensait que c'était important ? Et pourtant, c'est peut-être pour ne pas avoir pris assez au sérieux ce genre de réflexions que la civilisation s'est retrouvée nez à nez avec la barbarie et qu'elle a failli succomber.

— Qui le comprend ?

— C'est vrai qu'il a fallu se battre contre un courant qui, depuis trente ans, ne cesse d'enlever à la politique toute profondeur philosophique et historique. Cela m'a toujours fait penser à De Gaulle lorsqu'il était revenu de son voyage au Québec. Dans une conférence de presse, on lui avait demandé d'expliquer le sens de son voyage. Il avait répondu : « De Québec jusqu'à Montréal, sur les 250 kilomètres de la route longeant le Saint-Laurent que les Français canadiens appellent *le Chemin du roy,* parce que jadis, pendant des générations, leurs pères avaient espéré qu'un jour un chef de l'Etat français viendrait à la parcourir, des milliers d'hommes, de femmes, d'enfants s'étaient rassemblés pour crier passionnément : « Vive la France ! » Qui alors, parmi les journalistes, les diplomates, les politiciens, avait vraiment compris ce qu'il voulait dire ? Ils n'ont pas compris non plus quand Nicolas Sarkozy est allé à Rome pour se faire introniser chanoine du Latran.

— Le problème, c'était la laïcité.

— Ce n'était pas un problème, il s'agit d'une très ancienne tradition, qui remonte à Henri IV et qui renvoie la France aux racines de sa civilisation. On peut ne pas être croyant et reconnaître ce que nous devons à la chrétienté en termes de civilisation. Croyants ou non-croyants, la chrétienté nous a façonnés, elle a façonné notre rapport au monde, notre morale, notre rapport à la vie. Elle n'a pas été la seule cause de ce que nous sommes. Mais elle a beaucoup compté. Cessons une fois pour toutes de confondre la question de la croyance religieuse et celle de la civilisation : n'importe qui peut se sentir ému devant une cathédrale même s'il n'y prie jamais.

— Il y a quand même eu la phrase sur le curé et l'instituteur qui m'a beaucoup perturbé moi aussi.

— Une demi-phrase maladroite. Il faut clore ce débat qui n'aurait jamais dû s'ouvrir : le curé n'est pas supérieur à l'instituteur, et l'instituteur n'est pas supérieur au curé. Cette guerre est terminée depuis longtemps. La foi et la raison ne se font pas concurrence. Elles se complètent.

— Il y a eu aussi la « laïcité positive »...

— Il s'agissait de rappeler que la laïcité n'était pas un rejet mais un respect de toutes les formes de croyance. « Vous veillerez à n'enseigner aux enfants rien qui puisse choquer les pères de famille qui vous les ont confiés », écrivait Jules Ferry aux instituteurs à propos de l'enseignement de la morale. Certains ont fait du mot « positive » un objet de polémique. Le Président a dit qu'il ne l'emploierait plus.

— Pourquoi Sarkozy a-t-il autant parlé de ces choses-là ? Même Mitterrand qui croyait « aux forces de l'esprit » en a moins parlé.

— Aucun de ses prédécesseurs ne s'est trouvé dans une situation comparable à la sienne. Aucun n'a été confronté à une telle montée en intensité de la crise de la civilisation depuis l'explosion de Mai 68. Regardez donc ce qui se passe dans le monde : le réchauffement climatique, Fukushima, la crise du capitalisme, les printemps arabes... Vous croyez que cela ne bouleverse pas en profondeur nos sociétés, le rapport entre le spirituel et le temporel, entre l'économie et la morale ?

En disant qu'une fois de plus nous devions nous arracher à l'immanence, je posais le problème des liens entre les marchés et le capitalisme.

— Ne sont-ils pas indissolublement liés ?

— Ils le sont mais le marché est étranger à la durée, il n'a rien à faire ni du passé ni de l'avenir. Alors que le capitalisme, c'est le contraire : ce sont des institutions et des valeurs. « Capitalisme », c'est le nom que nous donnons à ce qui est, depuis environ le XIVe siècle, la civilisation matérielle de l'Occident et qui a engendré le plus grand courant de création de l'histoire humaine. Alors que le marché, c'est-à-dire l'offre et la demande, n'accumule rien, le capitalisme est un mouvement cumulatif. Il accumule le capital, il accumule les connaissances. Le marché fait partie du capitalisme mais il ne lui suffit pas. Réduire le capitalisme à l'économie de marché ou, pire, à l'économie des marchés financiers, comme on le faisait depuis des décennies, c'était arracher l'économie à son cadre de valeurs, de civilisation et de morale.

— Mais l'avidité du capitalisme n'est-elle pas sans limites ?

— Cette force créatrice a toujours eu besoin d'être canalisée. Elle l'a été par la religion, par la politique, par la culture.

— La religion n'a plus assez de force.

— Restent la politique et la culture. La politique surtout.

— Il y a aussi l'indignation qui montre peut-être qu'il y a encore une jeunesse qui ne veut pas subir.

— L'indignation, c'est très important, mais c'est un commencement. Ce qui compte, c'est ce qui se passe après.

— Après ?

— Après, c'est la politique ! Après, c'est : « Que voulons-nous ? » Et : « Comment y parvenir ? »

— Justement, les « Indignés » qui, périodiquement, envahissent les places des grandes villes, récusent la politique. Au fond, c'est contre elle, d'abord, qu'ils s'indignent. Je me souviens d'un jeune indigné espagnol auquel on demandait le sens de sa protestation et qui répondit : « Pour autre chose, parce que aujourd'hui ce n'est pas supportable. – Mais quelle autre chose ? – Autre chose... »

— Cela me rappelle la déclaration de la jeune étudiante de Nanterre en 68 que Malraux cite dans je ne sais plus quel discours : « Savoir ce que nous voulons, ce serait déjà commencer à s'embourgeoiser ! »

— Mais la politique est-elle encore possible quand une partie de la jeunesse n'en veut plus et que les réseaux sociaux lui permettent de tenir tête à tous les pouvoirs ?

— Comment en douter quand on ne sait toujours pas si les révolutions des blogueurs vont ou non déboucher sur le pire des obscurantismes ? Les blogueurs vont-ils protéger la liberté et la dignité menacées des femmes face à l'islamisme ? Ont-ils une solution pour la Syrie ? Vont-ils sauver l'Espagne ou la Grèce de la faillite ? Qu'ont-ils à dire à ceux qui perdent leur emploi ou leur logement ? Ils ont raison d'être indignés par la défaillance intellectuelle et morale de la politique et ils ont tort de penser qu'ils sauveront le monde sans faire de la politique.

— On a endormi la jeunesse avec cette bêtise de la fin de l'Histoire et d'un monde délivré à jamais de la violence, du mal et de la rareté, où les hommes seraient subitement devenus meilleurs que tous ceux qui les ont précédés. Maintenant, la voilà, cette jeunesse, confrontée à son tour au malheur et à la nécessité d'inventer des solutions pour y faire face.

— Le problème, c'est qu'elle n'y était pas préparée. Elle croyait qu'elle avait un droit au bonheur. Elle apprend à ses dépens que le bonheur n'est pas un dû mais une conquête. Pourquoi ne lui a-t-on pas appris que les forces obscures qui forment l'arrière-plan de la condition humaine, il faut d'abord les reconnaître pour pouvoir les domestiquer ? Sinon, ce sont elles qui prennent le pouvoir. Donc on n'échappe pas à la politique pour le meilleur ou pour le pire.

— Vous avez raison, et si la jeunesse du XXIe siècle ne sait pas aller au-delà de son indignation et de sa bonne conscience, alors ce sera une fois encore pour le pire.

— Mais il n'y a pas qu'avec la jeunesse qu'il y a un problème. J'ai entendu l'autre jour, à la télévision, un ancien secrétaire général de l'ONU expliquer qu'il fallait réformer l'ONU pour tenir compte des nouvelles formes de souverainetés qui dépasseraient prétendument celles des Etats : les ONG, les multinationales, les grandes villes... Cela avait l'air visionnaire et très intelligent, mais ça ne l'était pas. C'est très utile, les ONG, mais ce ne sont pas les ONG qui ont sauvé la population de Benghazi du massacre. Ce ne sont pas elles non plus qui ont sauvé le monde quand le capitalisme financier a failli s'effondrer d'un coup en 2008, et les multinationales ne peuvent s'opposer aux Etats que si les Etats les laissent faire. La souveraineté, c'est quand même quelque chose de plus profond que le pouvoir des actionnaires dans un monde où l'on ne sait même plus qui, en fin de compte, est propriétaire de quoi.

Une fois de plus, il fallut interrompre notre conversation. Le lendemain, le vieil instituteur n'était pas libre. Nous convînmes de nous retrouver le surlendemain.

Le souvenir de la conversation de la veille ne me quittait pas. Je passais la journée à revoir les lieux familiers de mon enfance, confrontant les rêves d'hier à ceux d'aujourd'hui. J'ai revu les Alyscamps, leur double rangée de tombeaux sous les cyprès et la vieille église au bout de l'allée. J'ai revu le Rhône où a dormi pendant presque vingt siècles ce Jules César que l'on a sorti du Limon et qui nous montre pour la première fois le trait de son visage. J'ai revu le théâtre antique et les arènes, le portail de Saint-Trophime et le cloître où l'on bénissait les rameaux, l'abbaye de Montmajour dont le dernier abbé fut le cardinal de Rohan, celui de l'Affaire du collier de la reine.

Je revis tous les coins d'Arles et des alentours que Van Gogh avait peints. Je revis la maison dans la petite rue où je jouais jadis et *la borne du chemin, qui vit des jours sans nombre où jadis pour m'attendre, elle aimait à s'asseoir...*

Et je pensais qu'il y avait un âge, vers quarante-cinq ou cinquante ans, où l'on se demandait comment l'on pouvait encore donner du sens à sa vie pour qu'en se retournant sur celle-ci, au moment où tout allait finir, il soit moins difficile de partir.

Je cherchais en vain, dans les arbres et les pierres, l'empreinte de mon passé.

Nature au front serein, comme vous oubliez !
Et comme vous brisez dans vos métamorphoses
Les fils mystérieux où nos cœurs sont liés[5] *!...*

Il faut se méfier de la nostalgie qui enferme dans le regret, mais plus encore des sots qui croient toujours que l'on perd son temps avec le passé et qui n'ont pas compris que « l'avenir ne nous apporte rien, ne nous donne rien ; que c'est nous qui pour le construire devons tout lui donner. Mais que pour donner il faut posséder, et que nous ne possédons d'autre vie, d'autre sève, que les trésors hérités du passé[6]... ». Je pensais à ces cinq années où nous avions essayé de réenraciner la politique dans l'Histoire et dans l'héritage et où j'avais moi-même cherché sans cesse à raccorder ce que nous faisions avec ma propre histoire dont tant de fois, depuis un demi-siècle, le fil s'était rompu. Je compris mieux pourquoi j'avais tant éprouvé le besoin de parler avec mon ancien instituteur. J'avais besoin de renouer tous les fils pour avoir quelque chose à donner à l'avenir...

Je me laissais porter ainsi par mes pensées jusqu'au lendemain.

— Sarkozy avait-il conscience de tout cela ? m'interrogea l'instituteur en reprenant la conversation où nous l'avions laissée l'avant-veille.

— Le 11 novembre 2011, lui répondis-je, il a dit devant l'Arc de triomphe : « L'Histoire est tragique parce qu'elle est humaine. La France n'a existé que parce que des hommes ont accepté de se sacrifier à sa cause et parce que cette cause les a unis jusqu'à l'ultime sacrifice.

« Occulter la dimension tragique de l'Histoire, ce serait nous condamner à sortir de l'Histoire. On construit la paix sur le courage, la fidélité et le sens de l'honneur. On construit la paix sur la certitude que l'honneur et la dignité d'un peuple ne se marchandent pas.

« Le soldat risque sa vie. Il le sait. C'est le destin qu'il s'est choisi. Mais c'est un destin singulier, un destin tragique qui lui confère dans la cité une place hors du commun. C'est l'honneur d'un grand peuple de respecter ses soldats. »

Et, devant la Knesset, il a montré à quel point il avait compris que le conflit du Moyen-Orient était bel et bien une tragédie dont on ne trouverait pas l'issue en cherchant qui avait tort et qui avait raison. Aux députés israéliens, il a eu le courage de dire :

« Au Moyen-Orient se mélangent et s'affrontent depuis des millénaires des peuples qui ont donné à l'humanité tout entière ce qu'il y a de plus élevé dans la pensée, de plus beau dans la religion, de plus important dans le savoir. Tous dans leurs prières parlent d'amour, de justice et de paix. Tous aiment la vie. Tous sont les enfants d'Abraham. Tous ont la Bible en partage.

« Ayant bu à la même source, ayant partagé si souvent la même histoire, ils ont tout pour se comprendre et s'entendre. Et cette terre pour laquelle ils se battent avec tant de désespoir, cette terre qui les a vus naître, cette terre où reposent leurs morts, cette terre dans laquelle s'inscrit le souvenir de leurs souffrances et de leurs joies qui se ressemblent tant, cette terre dont on pressent, en regardant ce qui a été accompli ici, en Israël, ce qu'elle pourrait donner à force d'intelligence, de travail et de courage, cette terre qui pourrait devenir un paradis pour tous et grâce à laquelle la misère pourrait être vaincue si elle n'était si souvent ruinée par la guerre, cette terre qui pourrait être si féconde si tous la travaillaient ensemble au lieu de verser sur elle le sang des innocents, cette terre devrait unir les peuples au lieu de les opposer.

« Juifs, chrétiens ou musulmans, ils se rappelleront la parole du Prophète :

“Je ferai de Jérusalem mon allégresse. Et de

mon peuple ma joie. On n'y entendra plus le bruit des pleurs et le bruit des cris.

"Ils bâtiront des maisons et les habiteront.

"Ils planteront des vignes et en mangeront les fruits.

"Ils ne travailleront plus en vain et ils n'auront plus des enfants pour les voir périr." »

— De quand date la prise de conscience de tout cela chez cet homme qui paraissait ne jamais douter ? Est-ce quand il s'est mis à la littérature comme Pompidou et Mitterrand ? ajouta le vieil homme en souriant.

— La littérature a certainement joué un rôle, mais cela avait commencé bien avant. Je crois que ça remonte au ministère de l'Intérieur.

Vous savez, quand vous devez affronter la douleur des parents dont l'enfant vient d'être tué le jour de la fête des pères pour avoir voulu laver la voiture de son père garée en bas de l'immeuble. Vous vous souvenez de ce drame ? Il s'est retrouvé au milieu d'une bataille rangée entre deux bandes et il a pris une balle perdue. Quand vous êtes devant cette souffrance, que vous ne pouvez rien faire pour l'apaiser, que vous savez que, quoi que vous fassiez, vous ne pouvez pas être sûr que cela ne se reproduira pas, alors vous prenez véritablement conscience du tragique de la politique. Un jour, quand il était président, un journaliste lui a demandé – je ne sais plus si c'était à propos d'une prise d'otages ou de l'Afghanistan – s'il était toujours sûr que les décisions qu'il prenait étaient les bonnes. Il a répondu : « Comment voulez-vous ne pas douter quand on a à prendre de telles décisions ? »

Tout en parlant, je repensais au drapeau flottant sur le dôme du Grand Palais éclairé nuit et jour, que j'apercevais quand je ressortais de mes discours et de nos réunions, et aux vers de *L'Aiglon* qui me venaient alors à l'esprit :

Ce drapeau, plein de sang dans le bas et de ciel dans le haut,
Puisque le bas trempa dans une horreur féconde,
Et que le haut baigna dans les espoirs du monde.

— Mais les autres présidents de la Ve République ont-ils eu ce sens du tragique que vous tenez pour l'essence même de la politique ?

— Il y a d'abord eu De Gaulle. Vous savez, quand on ne sait pas quoi dire sur le gaullisme, on dit que c'est une certaine idée de la France. Ce n'est pas faux mais je crois qu'il exprime autre chose de plus profond : une certaine idée de l'homme qui veut rester envers et contre tout l'auteur de sa propre vie.

— Au fond, c'est d'abord une exigence morale. C'est peut-être pour cela que l'on a souvent dit que le gaullisme était un humanisme.

— On peut aussi penser à Nietzsche, quand il dit que « le type le plus élevé de l'homme libre doit être cherché là où constamment la plus forte résistance doit être vaincue : au seuil même du danger de la servitude ». Ou encore au stoïcisme parce que De Gaulle passa sa vie à démêler ce sur quoi la volonté humaine avait un pouvoir et ce sur quoi elle n'en avait aucun.

Le gaullisme nous a appris à regarder le monde tel qu'il est. Mais il nous a d'abord invités à regarder à l'intérieur de nous-mêmes.

En 1958, à l'hôtel La Pérouse, il avait dit : « Je ne referai pas la France sans les Français. Il faut savoir ce qu'ils veulent. »

— Après De Gaulle, il y a eu Pompidou…

— Succéder au Général était très difficile. Il s'en est très bien tiré. Il n'a pas cherché à l'imiter. Il a été lui-même, avec ce mélange de paysan madré et de normalien qui avait écrit une anthologie de la poésie française.

Un jour, dans le « Bloc-Notes » de Mauriac, je suis tombé sur un passage où il parlait de Pompidou qu'il avait vu à la télévision. Il lui était apparu comme un homme avec lequel les Français s'étaient sentis de plain-pied. « Malgré l'Ecole normale, la banque Rothschild, le général De Gaulle et la peinture d'avant-garde. » Et il s'était demandé si c'était « le fait d'un homme naturellement quelconque ou le comble de l'art et un miracle de la volonté ».

Je crois que Pompidou n'a pas joué la comédie. Il pouvait parler avec les paysans, arriver en Porsche à Matignon et réciter par cœur des poèmes. Et, sans renoncer à rien de ce qu'il était, se trouver effectivement de plain-pied avec les Français. Cela rend d'autant plus dérisoire à mes yeux la comédie du président « normal ».

— C'était quand même l'homme de la banque Rothschild. Il n'avait pas le même mépris que De Gaulle pour l'argent.

— Il ne l'a pas méprisé, mais il n'en a jamais fait une fin en soi. Pour devenir Premier ministre il a accepté d'en gagner beaucoup moins. Dans l'exercice du pouvoir, il a vraiment essayé de faire des choses. Quand on fait la liste, on se rend compte qu'il a été un grand Premier ministre et un grand Président. Il avait dit en 1969 : « Je veux être un Président qui gouverne. »

Il a gouverné, et il y a pris plus de plaisir qu'à gagner de l'argent.

L'argent venait après la politique qui venait elle-même après la littérature, la peinture, et sa femme. Un homme d'argent ne répond pas en citant Baudelaire quand on lui demande sa définition du bonheur.

— C'était quand même un conservateur.

— Mais en Mai 68, il a été admirable d'intelligence et de sang-froid. Le 14 mai, il a fait un très beau discours à l'Assemblée, qui était d'une grande hauteur de vue et empreint d'un profond humanisme. Si c'est cela, la droite, va pour la droite ! Il ne croyait pas que du désordre pourrait naître un progrès. Mais face à la révolte de la jeunesse, il n'a pas fait la sourde oreille. Et s'il n'a pas cru à la « nouvelle société » de Chaban, il a été le premier à mesurer l'importance que l'écologie allait prendre dans l'avenir. C'est lui qui a inventé le ministère de l'Environnement. Si c'est cela, le conservatisme, va pour le conservatisme ! Qu'a-t-il dit en 1968 ? Qu'il fallait recréer un cadre de vie accepté par tous. C'était le bon sens.

— Cet appel n'a été entendu ni par la droite ni par la gauche.

— Malheureusement ! Et pendant quarante ans on a tout laissé filer. Et maintenant regardez où en est la France, où en est l'Europe ! Je me souviens d'une conversation avec Jacques Barrot au retour d'une visite au Vatican. J'étais assis à côté de lui dans l'avion présidentiel. Avec ce démocrate-chrétien de toujours, j'avais eu, pendant des années, des débats parfois houleux sur la construction européenne, la décentralisation, ou le gouvernement des juges. Au fil des ans, nos points de vue s'étaient rapprochés. Ce soir-là, je lui ai dit : « Ne croyez-vous pas que nous aurions mieux fait, durant toutes ces années, de nous battre ensemble pour une idée de la civilisation qui nous était commune et qui, faute d'avoir été défendue, se trouve aujourd'hui menacée de disparaître ? »

Il s'est tu un instant puis il m'a dit : « Vous avez raison. »

On ne dira jamais assez qu'à force de ne pas prendre au sérieux des problèmes qu'elle jugeait trop philosophiques, trop intellectuels dans l'ordre de la culture et de la morale pendant toutes ces années, la politique est passée à côté de l'essentiel. Elle est passée à côté de ce qui est en réalité sa première raison d'être : produire de la civilisation, opposer aux forces de la nature et de l'instinct les forces de l'esprit et de la culture.

— Et Mitterrand ?

— Mitterrand, c'est comme Pompidou, le sens du tragique, il l'avait inscrit au fond de lui.

— A cause de la maladie, comme Pompidou ?

— A cause de la maladie. Aussi peut-être à cause de la littérature. Ils prenaient tous les deux la littérature au sérieux. Et la matière même de la littérature, c'est la condition humaine.

— Et Giscard ?

— Giscard, c'était autre chose. Je peux me tromper mais je crois que ça n'était pas son problème. Il avait une vision aristocratique de la société, de la politique, de lui aussi. Et l'aristocrate, c'est quelqu'un, qui, profondément, ne se sent pas concerné par la condition humaine ordinaire. Consciemment ou non, il a peut-être été un précurseur de ceux qui, par la suite, ont voulu chasser le tragique de la politique.

— Mais Mitterrand, quand il lui a succédé, n'a pas renversé cette tendance, au contraire. Pourtant vous dites qu'il avait, lui, le sens du tragique.

— On l'a ressenti dans sa politique étrangère, mais pour le reste, il a laissé faire ceux qui ne l'avaient pas, tout occupé qu'il était à son dialogue avec sa propre mort.

— Il reste Chirac.

— Je crois que ça ne l'intéressait pas. Pour lui, la politique, cela a longtemps été d'abord la conquête du pouvoir. Une fois la conquête achevée, on a eu l'impression qu'il s'en détachait. Qui percera jamais le mystère de cet homme faussement extraverti qui n'a jamais rien livré de lui-même et qui n'aimait que les civilisations qui mettent sur le visage de leurs statues le masque impassible de l'éternité ? A-t-il jamais pris au fond la politique au sérieux ? A-t-il jamais cru que la volonté humaine puisse changer en quoi que ce soit le destin du monde ?

— En tout cas, on est bien loin de ce qu'expriment la plupart des politiciens d'aujourd'hui. On a le sentiment qu'ils restent toujours à la surface des choses. D'où peut-être cette impression qu'il y a dans la politique quelque chose de superficiel qui ne peut pas avoir réellement prise sur les événements.

— Je ne sais pas s'il y en a davantage que d'habitude. Et ce qui est sûr, c'est que depuis trente ans, beaucoup de ceux qui tiennent le haut du pavé dans la politique ne sont jamais traversés par le moindre doute. Ils savent toujours ce qu'il faut faire et ce qu'il faut dire puisqu'il n'y a toujours pour eux qu'une seule bonne réponse, qu'une seule politique possible. C'est plus simple.

— Ça me rappelle, me dit le vieil homme, ce mot de Chateaubriand dans les *Mémoires d'outre-tombe* à propos des politiciens de l'époque : « Que savent-ils donc ? La Bourse ! Et encore ils la savent mal. »

— Le problème, ce sont les idéologues…

— Oui et il y en a beaucoup.

— L'un de mes professeurs à Sciences-Po disait qu'un idéologue, c'est quelqu'un qui croit qu'il sait.

— Vous avez pensé à tout cela quand vous étiez à l'Elysée ?

— Comment ne pas y penser quand on se trouve confronté à de tels ébranlements du monde, quand le sol se dérobe ainsi et que l'on sait qu'à tout instant tout pourrait être emporté ?

Perdue dans les abîmes de la transcendance et de l'immanence, notre conversation s'était encore prolongée très tard. Comme mon hôte semblait très désireux de la poursuivre, nous convînmes cette fois-ci de nous retrouver le lendemain matin vers 10 heures. Je rentrai par le même chemin que la veille, agité par les mêmes pensées.

Le lendemain à 10 heures sonnantes, j'étais au rendez-vous. En marchant, j'avais pensé à Michelet qui disait : « La France est une personne. » Pendant ces cinq ans, au milieu des tempêtes de l'Histoire, en pénétrant de plus en plus profondément dans la mémoire collective, cette idée avait pris corps peu à peu dans ma pensée.

— Heureuse ou malheureuse, dis-je, la relation d'un président de la République avec la France ressemble toujours à une histoire d'amour. A condition de regarder la France comme une personne.

— La question est de savoir si notre culture, notre histoire, le sentiment d'une destinée commune sont encore assez forts pour que ce soit possible.

Comment réagir devant le morcellement à l'infini des mémoires et des identités qui accompagne la désintégration du corps social et la montée de toutes les formes de communautarisme ? Va-t-on laisser se poursuivre ce mouvement de désintégration, ou bien va-t-on réunir toutes les mémoires et toutes les identités dans une histoire et une destinée communes ?

— Nous avons voulu réconcilier toutes les mémoires blessées : celle du descendant d'esclaves condamné à entendre résonner dans sa tête le long cri de douleur qui pendant des siècles traversa l'Atlantique.

Celle du rapatrié qui se souvient en pleurant de sa maison, de sa terre, de la tombe abandonnée où dorment ses parents, du ciel bleu, du soleil d'Algérie. Celle de la mère qui réclame de savoir ce qu'est devenu le fils disparu dont on n'a jamais retrouvé le corps et qui a compris qu'elle n'aurait jamais de réponse.

Celle des harkis abandonnés, trahis. Celle des enfants de déportés, qui restent hantés par les images de cauchemar que les derniers survivants de la Shoah ont ramenées avec eux.

Celle de l'Arménien qui ne peut pas oublier le génocide. Celle des Malgré-Nous, d'Alsace et de Moselle, enrôlés de force par les nazis, déchirure qui avait meurtri des milliers de familles sur lesquelles le silence pesait comme un soupçon et faisait passer les victimes pour des traîtres.

Celle du fusillé pour l'exemple de la Grande Guerre, blessure qui a fait souffrir tant d'enfants à qui l'on avait dit que leurs pères avaient été des lâches.

— Il faut conjurer la guerre des mémoires.

— Entre la repentance et l'assimilation, il faut choisir.

On a banni l'assimilation du vocabulaire bien-pensant en faisant semblant d'oublier que c'était le programme de la République depuis deux cents ans. On a préféré dire « intégration ». Mais l'intégration, c'est une question sociale. On est intégré si l'on a un logement, un emploi, des papiers...

L'assimilation, c'est autre chose. C'est une question de morale et de culture.

Dans l'hommage national qu'il a rendu à Aimé Césaire, Nicolas Sarkozy disait du grand poète martiniquais : « Il rejetait l'assimilation quand elle se confondait avec ce qu'il appelait un "génocide culturel". Comment ne pas l'entendre ? »

Car il y eut jadis une assimilation de combat comme il y eut une laïcité de combat. Mais l'idéal de la République ne peut pas être la négation des identités singulières. Cet idéal ne peut être que l'enrichissement de ces identités par la prise en partage d'une histoire, d'une culture, de valeurs qui viennent s'ajouter, et non remplacer, ce que chacun a hérité de sa propre histoire.

Cet idéal, Aimé Césaire le Martiniquais en fut, comme son ami Senghor le Sénégalais, l'une des plus belles incarnations. Et quand les censeurs de Vichy avaient décidé d'interdire son journal, jugeant ses auteurs « racistes », « sectaires », « révolutionnaires », « ingrats et traîtres à la patrie », « empoisonneurs d'âme », il leur avait répondu :

« "Empoisonneurs d'âme", comme Racine.

"Ingrats et traîtres à la patrie", comme Zola.

"Révolutionnaires", comme Hugo.

"Sectaires", comme Rimbaud et Lautréamont.

"Racistes", oui, du racisme de Toussaint Louverture contre celui de Drumont et de Hitler. »

Le vieil instituteur m'a écouté en silence, puis il a dit avec un peu de tristesse :

— Cet idéal, c'était celui que l'on m'avait transmis à l'Ecole normale d'instituteurs, c'est celui auquel à l'époque nous avions choisi de nous consacrer, mes camarades et moi. Instituteur, pour nous, ce n'était pas un métier, c'était une vocation.

Je ne sais plus très bien quel est l'idéal de ceux qui enseignent aujourd'hui. Enfin, je ne sais pas comment ils le formuleraient. Nous, c'était simple, c'était ce que vous venez de dire.

— En 2007, nous avons fait campagne contre la repentance et pour l'assimilation.

La politique, parfois, elle doit réparer.

La réparation, c'est la fraternité. Mais la repentance, c'est le ressentiment, c'est la haine de soi qui conduit à la haine des autres.

Je pensais à Camus qui avait dit : « Il est bon qu'une nation soit assez forte de tradition et d'honneur pour trouver le courage de dénoncer ses propres erreurs. Mais sans oublier les raisons qu'elle peut avoir de s'estimer elle-même. C'est en fonction de l'avenir qu'il faut poser les problèmes, sans remâcher interminablement les fautes du passé. »

— Quand le gouvernement algérien a exigé que la France fasse acte de repentance avant de signer le traité d'amitié franco-algérien…

— Sarkozy a refusé ?

— Oui, ce que l'on nous demandait, c'était un peu comme si De Gaulle avait dit à Adenauer : « Expiez d'abord, nous verrons après », au lieu de lui dire : « Sans rien oublier du passé, la France et l'Allemagne ont cherché à regarder ensemble vers l'avenir. » Et ce qui s'est passé en Algérie, aussi douloureux que cela fût, n'avait rien à voir avec le nazisme.

— Mais quand Hollande dit que c'est la France qui a commis l'abomination du Vél d'Hiv, est-ce qu'il ne faut pas cesser de se battre là-dessus et tourner la page ? Après tout, qu'est-ce que ça peut faire, ces histoires de repentance, quand les enfants n'apprennent plus l'Histoire de France ? Qui y comprend encore quelque chose ? Bientôt il n'y aura plus de survivants, tout cela n'aura plus d'importance.

— Mais ce n'est pas juste un point d'Histoire ou un problème de mémoire. C'est un problème moral. Ce n'est pas innocent. C'est contre le gaullisme. Après, il ne restera plus qu'à supprimer les commémorations du 18 Juin. Si c'était la France qui était comptable du crime du Vél d'Hiv, cela voudrait dire que la légitimité et la légalité n'étaient pas à Londres avec De Gaulle mais à Vichy avec Pétain. Ce serait donner raison à la thèse pétainiste. Ce serait faire de la collaboration un acte dont nul ne saurait contester la légalité ni la légitimité. Si l'Etat pétainiste était légal, sur quel fondement la responsabilité de ceux qui ont prêté main-forte aux bourreaux pourrait-elle être mise en cause ?

Ni Papon, ni Bousquet, ni aucun fonctionnaire de Vichy ne pourraient être incriminés : ils n'auraient fait qu'obéir au gouvernement légal. Et si Vichy c'était la France, alors les collaborateurs seraient exonérés non seulement de toute responsabilité juridique mais aussi morale.

On voit la confusion morale dans laquelle nous plongerait ce reniement. Et si nous tombions dans une telle confusion, quels repères transmettrions-nous à nos enfants ?

— Ils disent que c'est le Parlement français qui a donné les pleins pouvoirs à Pétain et la police française qui a arrêté les juifs. Ce n'est pas faux.

— Le Parlement qui agissait sous la menace de l'occupant ne représentait plus la souveraineté française, et la police qui était à la botte de l'occupant n'était pas la police française. Dans la forêt de Fontainebleau, sur la plaque qui a été posée à l'endroit où Mandel a été abattu par les agents de Vichy, il est écrit « assassiné par les ennemis de la France ».

Quand un monstre assassine une petite fille dans une cour d'école, le fait qu'il soit français ne rend pas la France coupable de ce meurtre. Le problème est de savoir qui a trahi la France : les miliciens ou les résistants ? Le problème est de savoir si la France a le visage de D'Estienne d'Orves, de Moulin, de Leclerc, du paysan de Dordogne qui cachait les juifs de Strasbourg, de la femme protestante qui, au Chambon-sur-Lignon, cachait des enfants juifs parmi ses propres enfants, du premier mort de Bir Hakeim, du premier résistant tombé au Vercors, ou si elle a le visage de Pétain, de Laval, de Darnand et des bourreaux.

— La France, pour moi, à cette époque, elle avait le visage de mon père. En 1944, il est parti au maquis. Il a été tué dans une embuscade tendue par la Milice.

— Il y a des gens qui pensent que la France est un pays profondément pétainiste, antisémite, raciste, et qui sont convaincus que c'est en regardant cette vérité en face et en expiant ses fautes que nous éviterons que ça ne recommence. Mais nous ne construirons rien sur cette haine de soi qui abîme la nation, que Jaurès appelait « le seul bien de ceux qui n'en ont pas ». En détruisant notre fierté d'être français, elle mine notre capacité à vivre ensemble.

— Une historienne a parlé de néo-révisionnisme.

— Ce n'est pas moi qui refais l'Histoire.

La rafle du Vél d'Hiv a été ce qu'elle a été comme fait historique. Le 18 Juin aussi. Mais l'interprétation de ces événements sur laquelle nous vivons depuis la Libération, c'est bien celle au nom de laquelle le gouvernement provisoire du général De Gaulle a rendu tous les actes de Vichy juridiquement nuls et non avenus.

— Le problème, c'est l'éternelle opposition de la légende aux faits !

— Mais quand la légende fonctionne comme un mythe, ce n'est pas seulement une jolie histoire fausse, c'est aussi un fait, un fait majeur qui pèse lourdement sur l'Histoire parce qu'il s'impose dans les mentalités comme une représentation des rapports qu'une collectivité humaine entretient avec le monde qui l'entoure et avec l'avenir. La légende gaullienne depuis 1940 fonctionne comme un mythe décisif dans l'idée que nous, Français, nous nous faisons de nous-mêmes. C'est un fait historique !

— Vous voulez dire qu'elle aurait été, dans la seconde moitié du XXe siècle, l'équivalent de ce qu'avait été la légende napoléonienne tout au long du XIXe ?

— Il y a deux traumatismes très profonds dans notre histoire nationale : la mort de Louis XVI et la défaite de 1940. D'une certaine façon, la légende napoléonienne a répondu au premier : « Alors s'assit sur un monde en ruine une jeunesse soucieuse. Tous ces enfants étaient des gouttes d'un sang brûlant qui avait inondé la terre. Ils avaient rêvé pendant quinze ans des neiges de Moscou et du soleil des Pyramides[7]… » La légende gaullienne, celle de la France Libre et de la Résistance, a répondu au second. Cela fait partie intégrante de notre Histoire. L'Histoire, elle se passe aussi dans les têtes !

— En 1940, il y a quand même eu des collaborateurs. Tout l'appareil d'Etat a collaboré.

— La France n'a pas inventé la Solution finale et Vichy n'aurait jamais existé sans l'Occupation. Il y a dans la culture française quelque chose, je crois, qui la prémunit contre la tentation totalitaire et qui explique que, à part les quelques mois de la Terreur et de l'Occupation, elle n'a pas connu les expériences tragiques vécues par tant d'autres pays.

— A propos de Hollande, vous avez dit : « Peut-être qu'il préfère la France des notables apeurés qui se sont précipités à Vichy après l'armistice, moi pas. »

— Vous vous souvenez de ce qu'a dit Mitterrand quand on lui a demandé s'il accepterait de présenter les excuses de la France pour les crimes de Vichy ? Il a dit : « Jamais ! Ceux qui demandent cela n'aiment pas leur pays ! »

Je ne soupçonne pas François Hollande d'être pétainiste ni d'avoir une sympathie quelconque pour Vichy. Mais pour moi, il fait partie de cette France des notables qui ont toujours cru que l'on pouvait résoudre tous les problèmes par des petits arrangements. Cette France n'a pas créé Vichy mais elle a permis que Vichy existe.

Je vais vous raconter une petite histoire :

En 1940, un jeune lieutenant arriva près d'un petit village dans le nord de la France avec son peloton de chars. Brusquement, il trouva devant lui le maire, ceint de son écharpe et entouré de son conseil municipal, qui lui barraient la route et lui demandaient d'aller faire la guerre un peu plus loin. Il avait devant lui la France des petits arrangements… Quelle politique peut-on attendre de cette France-là ?

— A part vous et Chevènement, presque personne n'a réagi. Peut-être que ce dont parlait le gaullisme ne signifie plus rien.

— Non, mais la politique est devenue hors-sol, elle ne cherche plus à s'enraciner dans une morale, dans une philosophie, dans une conception de l'homme. Ça ne peut pas marcher. Surtout quand elle doit affronter une crise qui a des racines intellectuelles et morales aussi profondes. Souvenez-vous du discours de Pompidou le 14 mai 1968 à l'Assemblée, quand il a dit : « A travers les étudiants, c'est le problème même de la jeunesse qui est posé, de sa place dans la société, de ses obligations et de ses droits, de son équilibre moral même. Quoi d'étonnant si le besoin de l'homme de croire à quelque chose, d'avoir solidement ancré en soi quelques principes fondamentaux, se trouve contrarié par la remise en cause constante de tout ce sur quoi l'humanité s'est appuyée pendant des siècles : la famille, la patrie, Dieu ? Je ne vois de précédent dans notre Histoire que cette période désespérée du XVe siècle où s'effondraient les structures du Moyen Age et où déjà les étudiants se révoltaient en Sorbonne. » Il avait ajouté : « C'est notre civilisation elle-même qui est en cause. Tous ceux qui prétendent guider les hommes se doivent d'y songer. »

Qui peut croire que, dans les circonstances où nous nous trouvons, ce genre d'interrogation d'ordre philosophique ou moral ne relève pas de la politique au sens le plus élevé du terme ?

— On ne s'est pas assez interrogé sur la signification de Mai 68 et sur ses conséquences. On n'y a vu qu'une volonté de se libérer des carcans trop pesants de la société bourgeoise. Mais ce fut aussi le point de départ de l'individualisme forcené qui nous pose aujourd'hui tant de problèmes. Vous avez eu raison de dire qu'il y avait peut-être un lien entre le refus soixante-huitard de toute morale et l'amoralisme revendiqué aujourd'hui par le monde de l'argent qui pense s'exonérer de tout jugement moral.

— De Gaulle a dit à la radio, le 30 mai 1968, alors que tout le monde pensait qu'il allait partir : « Je ne partirai pas ! La République n'abdiquera pas ! » Personne n'imaginait que la génération de 68 allait prendre une telle revanche contre le gaullisme.

Mais ce n'est pas parce que le gaullisme a été si souvent attaqué depuis quarante ans qu'il ne signifie plus rien. Un journaliste m'a demandé un jour si le gaullisme, ce n'était pas un peu dépassé. Je lui ai répondu que le socialisme et le libéralisme étaient des idéologies du XIXe siècle, tandis que le gaullisme était une idée du XXe.

— Le socialisme et le libéralisme, on sait ce que c'est, on connaît leurs réponses. Mais le gaullisme sans De Gaulle, on ne sait pas très bien ce que c'est…

— A Londres, en 1940, le général De Gaulle disait à des visiteurs : « Il y a des gens qui croient m'attaquer en parlant du “gaullisme”. Mais encore une fois, je n'ai pas, je ne veux pas avoir de préjugés de parti politique. Mon but est l'union de tous les Français pour la résurrection de la France. Si c'est ça, le “gaullisme”, va pour le gaullisme ! » Il aurait pu dire la même chose en 1958.

En 1953, à ceux qui voulaient écrire la doctrine du RPF, il avait répondu : « Je ne veux pas de présentation doctrinale du gaullisme… Elle aurait, nécessairement, la rigidité d'une religion. » Mais il avait ajouté : « Si j'entends marcher librement, je ne marche pas pour autant au hasard. »

— Mais vous, vous en êtes où avec le gaullisme ?

— Le gaullisme, c'est d'abord une histoire. Une histoire qui commence avec le général De Gaulle et qui s'arrête avec lui. Je suis gaulliste parce que je pense que cette histoire me parle encore, parce qu'elle a encore une signification, politique, bien sûr, mais peut-être encore plus pour moi intellectuelle et morale.

— De Gaulle voyait la France comme une princesse de conte ou une madone aux fresques des murs. Je me demande si cela a encore un sens.

— Il est vrai que les princesses des contes et les madones des fresques ont déserté notre monde. Mais on aurait tort de sourire de cette France, dont le général De Gaulle avait « maintenu l'honneur comme un invincible songe ». C'est celle qui a toujours vaincu.

— Qu'y a-t-il encore à faire en politique aujourd'hui avec le gaullisme ?

— Rien, si l'on considère que tout ce pour quoi le général De Gaulle s'est battu n'est pas menacé de disparition. Beaucoup, si l'on pense le contraire.

Si tout le monde est devenu gaulliste, il n'y a plus de place pour le gaullisme en politique. De Gaulle avait trouvé un bon équilibre entre la conscience de soi et l'ouverture aux autres, entre la liberté et l'autorité. Je ne crois pas qu'il y ait beaucoup de monde sur cette ligne aujourd'hui. La vérité, c'est que toutes les forces qu'il avait réussi à contenir sont de nouveau à l'œuvre. La leçon du gaullisme retrouve donc une signification politique.

C'est toujours en définissant ce à quoi elle s'oppose que la politique prend conscience de ce pour quoi elle se bat.

Vous savez, ce sont d'abord les antigaullistes qui font l'actualité politique du gaullisme.

Depuis quarante ans, ils n'ont cessé de gagner du terrain, d'étendre leur pouvoir. Quarante ans que les féodalités relèvent la tête, quarante années que l'Etat recule devant les féodalités. Le général De Gaulle avait dit qu'elles n'aimaient rien moins qu'un Etat qui fait son métier et qui, par conséquent, les domine. Il avait ajouté : « Elles ne sont plus dans les donjons, elles sont dans les partis, dans les syndicats, dans certains secteurs des affaires – excusez-moi –, de la presse et de l'administration. »

L'Etat contre les féodalités, c'est toute l'Histoire de France. L'Angleterre est un vieux pays aristocratique, la France un vieux pays monarchique parce qu'il s'est fondé sur l'alliance entre le roi et le peuple contre les féodalités. Contre les féodalités qui avaient miné la IIIe et la IVe Républiques, et conduit deux fois la France au désastre, De Gaulle avait reconstruit l'Etat, retissé le fil qui reliait l'Etat républicain à l'héritage de l'Etat capétien, refait autour de l'Etat la France une et indivisible. C'est pour cela sans doute que ses adversaires l'ont accusé d'être jacobin. Il était plutôt l'héritier de Richelieu et de Colbert. Ce n'était pas si mal. Bien sûr, il fallait chercher l'équilibre jamais satisfaisant entre ce qui est local et ce qui est national.

De Gaulle l'avait dit à Quimper dans son dernier discours en 1969 : « L'avènement de la région, cadre nouveau de l'initiative, du conseil et de l'action pour ce qui touche localement la vie pratique de la nation, voilà donc la grande réforme que nous devons apporter à la France ! »

Mais, dans notre pays tel qu'il était après des siècles de déchirements et de divisions, après tant d'efforts pour qu'enfin son unité soit accomplie, la décentralisation pour être féconde avait besoin d'un Etat fort.

Alors pourquoi depuis tant d'années concevoir la décentralisation comme une machine de guerre contre l'Etat ?

Pourquoi vouloir qu'entre l'Europe et les régions il n'y ait plus rien ?

Pourquoi, au lieu de se soucier davantage d'améliorer la vie des gens, chercher à tout prix à faire réémerger les principautés dont l'histoire nous avait débarrassés ? Et aujourd'hui encore, dans la volonté d'aller plus loin dans la décentralisation, au lieu de remettre un peu d'ordre, c'est la volonté de déconstruire l'Etat qui me paraît l'emporter sur tout le reste. Oui, pourquoi, sinon pour servir des intérêts, sinon pour des raisons de pouvoir, sinon pour faire plaisir à la France des petits arrangements ?

Depuis quarante ans, au nom de la démocratie, on a cherché par tous les moyens à empêcher le gouvernement de gouverner en lui opposant des contre-pouvoirs toujours plus nombreux. Quelqu'un à qui je faisais remarquer, un jour, que la seule source de la légitimité résidait dans la souveraineté du peuple m'a rétorqué qu'il y avait d'autres figures du peuple que le Parlement et l'exécutif. Mais qui donc en regardant le Conseil supérieur de l'audiovisuel, la Commission de régulation de l'énergie ou le Conseil constitutionnel peut y voir des figures du peuple ?

Regardez les juristes, ils ont inventé ce qu'ils appellent la hiérarchie des normes.

Au-dessus de la loi, il y a les traités, au-dessus des traités, en principe, il y a la Constitution. Tout le monde a fini par trouver cela normal. Cela pose quand même un sérieux problème. Avant, on disait que la loi était souveraine, parce qu'elle exprimait la volonté générale. La Constitution était là pour en circonscrire le domaine. Pour la faire respecter, on a créé un Conseil constitutionnel. Un jour, il a décidé, de sa propre autorité, qu'il lui appartenait de vérifier si la loi était conforme au préambule de la Constitution. Sauf que la Déclaration des droits de l'homme et du citoyen est un texte philosophique et non pas juridique. Pendant presque deux siècles, sans avoir de force juridique, elle a produit des effets politiques considérables. Mais lorsque le juge s'en est emparé, il en a fait ce qu'il a voulu tant son pouvoir d'interprétation était grand. Petit à petit, le juge s'est mis à faire la loi à la place du législateur. Cela a fini quand même par devenir un problème. Je sais, c'est le droit positif d'aujourd'hui. Mais cela signifie que le référendum est désormais le seul refuge de la souveraineté populaire. Qui osera opposer un jour le référendum au gouvernement des juges ?

Nicolas Sarkozy, qui a été très longtemps réticent vis-à-vis du référendum, a compris qu'au point où nous en étions, la question du peuple souverain devait être posée. Il l'a posée pendant la campagne présidentielle. On a vu ce que cela a déchaîné.

— Peut-être parce que les sujets auxquels il l'appliquait n'étaient pas les bons…

— Peut-être qu'il y en avait de meilleurs. Mais ce n'est pas pour cela qu'il y a eu une telle levée de boucliers. C'est parce que dès que l'on parle de rendre la parole au peuple, ceux qui la lui ont confisquée se mettent à hurler. Rappelez-vous 1962, quand De Gaulle a choisi le référendum pour réformer la Constitution.

Cette vaste entreprise d'abaissement de l'Etat a-t-elle rendu les Français plus libres ?

Je ne vois pas très bien en quoi laisser le champ libre aux forces de l'argent, aux bureaucraties, aux corporatismes, aux communautés, aux tribus et aux mafias aurait pu renforcer les libertés individuelles. Je crois le contraire.

Je pris une nouvelle fois congé de mon hôte en lui promettant de revenir le lendemain matin. Je rentrai en me demandant une fois de plus comment on en était arrivé là. Comment en est-on arrivé à considérer comme une libération l'enfermement dans les particularismes quand toute notre histoire nous avait portés à faire de l'universel l'horizon de notre émancipation ? Il est temps de nous demander si c'est bien ce que nous voulons.

Le lendemain matin, le vieil instituteur me reçut en me disant :

— J'ai beaucoup réfléchi à ce que vous m'avez dit hier. Vous avez raison : nous nous sommes engagés collectivement sur une pente dangereuse, sans en avoir toujours bien conscience. Nous risquons de perdre ce que nous avons mis si longtemps à construire : le sentiment d'une destinée commune.

Derrière le souhait de construire un avenir ensemble, il y a au fond de chacun le désir de ne pas vivre seul au monde, de ne pas vivre que pour soi, de ne pas être considéré comme un étranger au milieu des autres, comme un exilé parmi les autres mais de s'ouvrir à eux, de s'unir à eux par un lien fraternel.

De mon temps, ce désir de vivre ensemble avait un nom : il s'appelait la République.

Un vieux républicain comme moi veut que la République soit une et indivisible. Il ne veut pas de la différence des droits. Il ne veut ni de la différence des devoirs, ni des quotas, ni des discriminations. Il veut une société où personne ne soit prisonnier de ses origines, de son milieu, de la couleur de sa peau. Au communautarisme qui sépare et qui exclut, il oppose fermement l'assimilation et le métissage qui est ce qui se passe quand chacun accepte de s'ouvrir à l'autre.

Le républicain qui ne demande à personne d'oublier d'où il vient, d'oublier ses souffrances, les malheurs du passé dont il porte encore en lui les blessures, refuse la concurrence des mémoires. Il refuse d'être mis en demeure de choisir entre les douleurs et les peines. Il veut que, sans rien oublier du passé, tous se tournent vers l'avenir avec au fond d'eux-mêmes la ferme conviction que ce qui les unit est plus fort que ce qui les sépare.

Il veut pour lui la liberté, la dignité, le respect, la justice. Il les veut aussi pour les autres. Il veut que le plus démuni puisse faire valoir ses droits sans demander la charité.

Le républicain veut pour tous la même loi, la même protection sociale, le même service public. Il veut que sur les bancs de la même école soient assis côte à côte le fils du riche et le fils du pauvre, le fils du notable et celui de la femme de ménage, et que le fils de l'immigré puisse s'asseoir lui aussi à côté d'eux. Il veut que l'on donne à chacun, quel qu'il soit, d'où qu'il vienne, la même chance de réussir, et que la réussite soit la mesure de l'effort, du travail, du mérite, du talent.

Je suis un vieux républicain qui regarde la liberté comme un principe de dignité, l'égalité comme un principe de justice, la laïcité comme un principe de respect.

Je me sens l'héritier des Lumières. Je me sens aussi l'héritier de la chrétienté, de vingt siècles de civilisation. Je me sens l'héritier de toute l'Histoire de France, même quand je sais très bien qu'elle ne fut pas celle de tous mes ancêtres.

Un républicain, c'est quelqu'un qui tend fraternellement la main à l'immigré, au proscrit, à tous ceux qui regardent la France comme leur ultime espoir parce qu'elle est pour eux la Grande République universelle qui n'est jamais aussi grande que lorsque qu'elle l'est pour les autres.

Le républicain offre à ceux qu'il accueille ce qu'il a de plus précieux à offrir : son pays, sa langue, sa culture, ses valeurs, une forme de civilisation qui n'a cessé au long des siècles de s'ouvrir aux autres et de s'enrichir de ce qu'ils lui ont apporté et à laquelle ceux qui arrivent aujourd'hui vont apporter encore une nouvelle richesse.

Mais le républicain sait aussi que la France n'a jamais été aussi ouverte, accueillante que lorsqu'elle était fière de ses valeurs, fière de sa culture, fière de son histoire, que lorsque la République était forte, que chacun se sentait redevable envers elle et qu'il y avait un pacte entre chacun que personne n'avait besoin d'énoncer mais dont tout le monde connaissait les termes. Chacun connaissait ses droits et chacun connaissait ses devoirs. Chez lui, l'immigré italien, espagnol, portugais, polonais exigeait de ses enfants qu'ils parlent le français et leur enseignait l'amour de la nouvelle patrie qu'il s'était choisie. Il leur apprenait à vénérer l'école de la République comme un don du ciel et l'école de la République tenait ses promesses. Ils eurent la vie dure de ceux qui ont tout quitté. Ils subirent bien des injustices, supportèrent bien des souffrances mais finalement la République, celle à laquelle je continue de croire, a fini par leur offrir la récompense de tant de courage, de tant de mérite.

L'instituteur s'interrompit. J'ajoutai alors à propos des immigrés :

— Et ils le lui rendirent chaque fois qu'ils le purent. Je pense à Lazare Ponticelli, le dernier poilu.

— J'ai trouvé très émouvant l'hommage que Nicolas Sarkozy lui a rendu : mon père avait fait la guerre de 1914. Il n'en parlait jamais. En 1944, quand il est parti au maquis avec les autres, il nous a dit : « Je pars faire mon devoir. » Un jour, je devais avoir sept ou huit ans, je lui avais posé une question sur la guerre. Son visage était devenu sombre. Il avait juste murmuré : « Plus jamais ça… » En écoutant l'hommage à Lazare Ponticelli, j'ai repensé à lui.

Ce discours, je m'en souvenais comme si c'était hier. J'aurais presque pu le réciter par cœur. Il racontait l'histoire d'une vie toute simple emportée par des événements qui la dépassaient. Une belle vie, une vie droite, digne.

Une vie « qui avait commencé comme une légende et qui s'était poursuivie comme un roman, le roman de tous les pauvres bougres qui n'avaient à offrir que leur cœur, leur courage et leurs mains de travailleurs, et qui donnèrent tout parce qu'ils avaient, chevillée au corps, l'idée simple du devoir, et qui furent français quel que fût l'endroit où ils étaient nés, non par le sang reçu mais par le sang versé ».

Comment mieux incarner l'idée de République, comment mieux rendre hommage à tous ceux qui, dans l'Histoire, ont choisi de devenir français et ont aimé la France au point de tout lui donner qu'à travers cet Italien qui, à l'âge de dix ans, avait traversé tout seul les Alpes à pied pour aller à Paris. A seize ans, après avoir créé sa propre entreprise, il s'était engagé, dès le début de la Première Guerre mondiale, dans la Légion étrangère, en trichant sur son âge, parce que c'était sa manière à lui de dire merci à la France qui l'avait accueilli. Pendant la Seconde Guerre mondiale, il était entré dans la Résistance. Il avait risqué de nouveau sa vie en cachant des armes et en fabriquant des explosifs. Une fois encore, il avait eu le sentiment de ne faire que son devoir pour la patrie qu'il s'était choisie.

Cet hommage solennel que la nation a rendu à Lazare Ponticelli, « c'était, a dit le Président, un hommage à tous ses camarades de combat dont la plupart lui étaient inconnus mais qui étaient devenus des frères dans le sang, la douleur et la souffrance. Ce n'était pas un hommage rendu à la guerre, mais à ceux qui l'avaient faite en souffrant et en risquant leur vie pour l'amour de leur patrie et pour l'idée qu'ils se faisaient de ce qu'ils lui devaient, pour l'idée qu'ils se faisaient de la liberté, de l'honneur et du courage ».

Je repris la parole :

— C'était aussi, ajoutai-je en citant encore le Président, un hommage à tous les immigrés qui, par leurs sacrifices, leur courage, leur intelligence, leur travail ont contribué à bâtir, tout au long des siècles, la grandeur d'un pays dont ils avaient choisi de partager le destin et pour lequel ils étaient prêts à se battre et peut-être à mourir, parce qu'ils l'aimaient. En écrivant ce discours, j'ai songé à Apollinaire, autre immigré, fils d'un père italien et d'une mère d'origine balte, engagé volontaire à vingt ans qui était parti à la guerre en disant :

Si je mourais là-bas sur le front de l'armée
Tu pleurerais un jour
Et puis mon souvenir s'éteindrait
Si je meurs là-bas souvenir qu'on oublie
Souviens-t'en quelquefois...

Il était mort, affaibli par ses blessures, de la grippe espagnole en 1918, à vingt-quatre ans...

Vous savez, les commémorations ne doivent pas être un enfermement dans le passé, mais la promesse sans cesse renouvelée d'une communauté de destins où chacun se sent aimé et respecté et s'unit aux autres par le cœur et par la pensée.

Le vieil instituteur a réfléchi un instant, puis il m'a dit :

— J'ai voulu rendre à la France ce qu'elle m'avait donné...

Toute la République que j'ai vénérée est dans cette phrase. Mais il demeure des questions :

Qu'offrons-nous à ceux qui arrivent ?

Qu'attendons-nous d'eux ?

Que savent-ils de ce qu'ils ont à attendre de nous ?

— Il n'y a pas, répondis-je, de politique vis-à-vis des immigrés qui ne soit d'abord l'expression d'un choix clair sur notre rapport à l'Etat, à la nation et à la République et, oserais-je le dire, sur l'idée que nous nous faisons de la civilisation qui va du rapport entre le spirituel et le temporel à une certaine idée de la civilité et de la politesse. Toutes les sociétés des pays développés sont aujourd'hui traversées par un profond malaise. Qu'on l'appelle crise de civilisation, crise de société, crise identitaire, le fait est qu'il ne faut en minimiser ni la gravité ni les conséquences. En vérité c'est toujours dans la difficulté du rapport à l'autre que nous apprenons le plus sur notre rapport à nous-mêmes.

— Si nous ne savons plus ce que nous voulons pour nous-mêmes, comment le proposer aux autres ? Comment leur faire partager ce à quoi nous semblons ne plus croire nous-mêmes ?

— Notre rapport aux immigrés nous renvoie à l'éclatement de notre société, à la défaillance de l'école qui peine de plus en plus à transmettre, à la paralysie de la promotion sociale, à la poussée de l'entre-soi communautaire…

— La ségrégation sociale et culturelle précède la ségrégation ethnique, comme le retour des féodalités de toutes sortes précède le retour des clans, des tribus et des mafias.

— On n'y répondra pas en liquidant le modèle républicain, sa haute exigence morale et civique parce que ce serait ouvrir plus grande encore la porte à toutes les inégalités, à toutes les injustices et à toutes les violences dont les plus faibles, les plus vulnérables seraient une fois de plus les premières victimes.

— Nous avons à choisir collectivement ce que nous voulons. Aurons-nous tous ensemble le courage d'avoir ce débat et de le trancher ? Si nous demeurons dans l'ambiguïté sur ce que nous voulons faire de la République, ce sera au détriment de notre capacité à vivre ensemble.

Aucune société ne peut accueillir toute la misère du monde. Mais on est d'autant plus accueillant que l'on s'est réconcilié avec soi-même.

— L'Union pour la Méditerranée, c'était une magnifique idée pour organiser notre rapport avec le Sud. C'était une ouverture maîtrisée. En tout cas, cela m'est apparu ainsi. Nous avons lancé l'Union pour la Méditerranée, pour créer un cadre où nous pourrions parler tous ensemble et fraternellement, où nous pourrions œuvrer au développement partagé qui est le seul moyen par lequel nous pourrions freiner l'émigration de la misère et du désespoir. Nous voulions nous adresser à ce que les peuples du Sud et du Nord ont en commun, à cette part de civilisation commune sur laquelle nous pouvons construire un avenir ensemble. L'Union pour la Méditerranée, c'était aussi une marque de respect vis-à-vis de tous ceux qui ont laissé de l'autre côté de la mer une partie de leurs racines et de leur identité…

— Mais il y a eu le débat sur l'identité nationale…

— « Qu'est-ce qu'être français ? » C'était une bonne question, nullement indigne, mais un mauvais débat.

— L'identité, c'est un mot qui fait toujours polémique. C'est un mot qui est ressenti comme une fermeture.

— Braudel disait qu'il n'en avait pas trouvé de meilleur et qu'aussitôt qu'il l'avait choisi il l'avait regretté. Mais l'important, c'était la question posée. En ce début du XXIe siècle, qu'on le veuille ou non, elle se pose car le monde n'est pas devenu une vaste étendue indifférenciée où tous les lieux seraient équivalents. Ce ne sont pas partout les mêmes morts qui reposent dans la terre. Ce ne sont pas partout les mêmes regards qui se tournent vers le ciel. Ce n'est pas partout la même lumière, le même air. Rome et New York, ce n'est pas du tout la même chose. Bombay et Pékin non plus. Quatre coins de terre française sont bien différents de quatre coins de campagne anglaise, et un morceau de terre toscane n'évoque pas du tout la même chose qu'un morceau de terre provençale malgré les pins parasols et les cyprès. Nous sommes tous citoyens du monde. Mais ça ne suffit pas. Pendant le débat, j'ai entendu quelqu'un dire à la radio : « J'habite en France, donc je suis français. » Comme s'il n'y avait pas plusieurs manières d'habiter quelque part.

— Mais nous avons tous des identités multiples.

— C'est vrai, mais pourquoi l'identité nationale serait-elle la seule qu'il faudrait occulter ? Dans le monde tel qu'il est, qu'est-ce qui nous rend, nous, Français, solidaires les uns des autres ? Que partageons-nous ? Dans le monde tel qu'il est, n'ai-je donc plus besoin de savoir qui je suis ?

— Mais il y a l'économie qui aplatit tout : un même consommateur, un même producteur d'un bout à l'autre du monde.

— L'idée que l'économie serait plus efficace si tous les consommateurs se ressemblaient et si tous les producteurs faisaient la même chose de la même manière est absurde. Un économiste américain très réputé a dit un jour qu'un pays ne gagnait jamais dans la compétition en imitant les autres mais en tirant le meilleur parti de ses traditions, de sa culture, de ses institutions, des ressources qui lui sont propres. Et, pour échanger, il faut avoir quelque chose à échanger, donc il faut être différents. Quoi qu'il en soit, un monde uniforme serait invivable.

— Le problème est peut-être venu du ministère de l'Immigration et de l'Identité nationale.

— Peut-être. Mais on pouvait le regarder de deux façons. La première, absurde, pour y voir, comme me l'a dit un journaliste, une réminiscence du « Commissariat aux questions juives de Vichy ». La deuxième, qui était dans notre esprit, comme une offre faite à ceux qui arrivaient de partager ce que nous avions de plus précieux : ce trésor de valeurs, de culture, de sentiments qui fait notre identité. Je crois que le problème était ailleurs.

— Mais où, alors ?

— Dans le fait que, lorsque l'on a un problème d'identité, on ne le résout pas avec un débat. Et puis un gouvernement, ça gouverne, ça ne débat pas. Ça peut consulter, comme on l'a fait jadis sur la nationalité, sur le port du voile à l'école, ou plus récemment sur la burqa. Mais débattre, ça ne peut pas marcher : tout le monde craint d'être instrumentalisé et la politique politicienne prend le dessus.

C'est un fait que tout le monde s'est évertué à tirer la discussion vers le bas. A l'époque j'ai dit : élevons le débat. Rien n'y a fait. On aurait pu parler de notre conception de la nation, de la

République, de la place si particulière qu'occupe l'Etat dans notre vie publique, de notre conception de la laïcité. On aurait pu parler aussi de notre langue, du français, qui n'est pas seulement un outil de communication mais notre façon d'exprimer des sentiments, des idées.

J'ai vu l'autre jour à la télévision le représentant de la France à l'ONU qui s'adressait en anglais à des journalistes. C'est un homme de grande qualité. Mais je me suis dit qu'il était quand même bien difficile de défendre la francophonie dans le monde quand nos représentants renonçaient eux-mêmes à s'exprimer en français… On aurait pu parler de notre façon de penser, d'exposer nos points de vue. On aurait pu parler de la place de la littérature dans notre identité. On aurait pu parler de notre conception particulière du droit par rapport à celle des Anglo-Saxons. On aurait pu parler de notre façon de nous administrer, de gérer nos entreprises. On aurait pu parler de notre façon d'enseigner… Bref, on aurait pu parler de beaucoup de choses, de tout ce à quoi nous tenions, de tout ce que nous voulions préserver, de tout ce que nous voulions promouvoir et dont nous n'avons pas parlé.

Je me dis que la politique commence quand même par l'idée que chacun se fait de son pays. Il y a des choses qui ne paraissent pas importantes à première vue, et qui sont très révélatrices.

Prenez un défilé du 14 Juillet, par exemple. Ça n'a l'air de rien, mais ce sont des siècles d'efforts, des siècles de discipline, des siècles de sacrifices. Ce sont les chevaliers français, les soldats de l'An II, ceux des guerres de l'Empire, de Verdun, de Bir Hakeim. Ce sont des siècles de sang versé pour la justice, pour la liberté, pour sa patrie. Ce n'est pas qu'un peu de technique, un peu de professionnalisme, non, ce sont les siècles de travail d'une civilisation qui a toujours honoré ceux qui se battaient pour elle. Ce n'est pas rien et, voyez-vous, quelqu'un qui veut supprimer le défilé du 14 Juillet, quelqu'un qui ne voit dans celui-ci qu'un militarisme qui lui donne un haut-le-cœur, et qui ne voit pas tout le reste, qui ne voit pas l'honneur, qui ne voit pas le courage, qui ne voit pas la civilisation, cette personne-là, je n'ai pas besoin d'en savoir plus sur son programme, je sais que je ne serai jamais d'accord avec elle.

Le 11 novembre, devant la tombe du soldat inconnu, le Président a lu l'extrait d'une lettre écrite à sa mère, en septembre 1914, par un jeune peintre de vingt-quatre ans qui allait mourir aux Eparges le 5 avril 1915 :

« Auparavant, j'aimais la France d'un amour sincère, encore qu'un peu dilettante : je l'aimais en artiste, fier de vivre sur la plus belle terre, mais, en somme, je l'aimais un peu à la façon dont un tableau pourrait aimer son cadre. Il a fallu cette horreur pour sortir tout ce qu'il y a de filial et de profond dans les liens qui m'unissent à mon pays… »

Il a ajouté : « Le jour où plus une seule femme, un seul homme sera capable d'écrire cela, il n'y aura plus de France.

« "Honneur et patrie", le jour où ces mots ne toucheront plus le cœur d'aucun Français, le jour où ils seront devenus incompréhensibles pour la plupart d'entre eux, il n'y aura plus de France. Le jour où les corps des soldats morts pour la France gagneront leur dernière demeure dans l'indifférence, il n'y aura plus de France. »

— Quand on voit ce qui se passe depuis trente ans, quand on voit l'évolution des mentalités, est-ce que tout cela n'est pas déjà fini ? me fit observer l'instituteur.

— Vous savez, les crises que nous traversons sont en train de tout changer, on ne s'en rend pas toujours compte mais l'histoire qui paraissait écrite d'avance paraît désormais bien hésitante.

J'en suis convaincu, après ce qui s'est passé, plus rien ne sera comme avant. Qu'on le veuille ou non. Le grand banquier américain qui en 2009 a rendu visite au président de la République l'avait parfaitement compris en voyant un matin plusieurs centaines de personnes tourner autour de sa maison en brandissant des panneaux sur lesquels il était écrit « Voleur, rendez l'argent ».

Non, plus rien ne sera comme avant parce que les peuples ne voudront pas souffrir davantage de la folie d'un système face à laquelle les gouvernants ne cessent de répéter qu'ils ne peuvent rien.

Il ne s'agit pas de chercher dans les politiques du passé les réponses aux problèmes d'aujourd'hui mais de tirer les leçons de l'Histoire et de la crise.

Le vieil homme reprit :

— Elle ne se porte pas très bien, la civilisation. Mais n'a-t-elle pas toujours été en crise ?

— La dernière fois, dis-je, que la politique a été confrontée à un défi aussi grave, c'était dans les années 1930. Si la politique n'est pas à la hauteur, nous referons le même chemin. Ce défi est un défi européen et mondial...

Le vieil homme regarda vers la fenêtre. L'espace d'un instant, son esprit se perdit dans la nuit de ses souvenirs. Peut-être pensa-t-il encore à son père qui était mineur à Gardanne dans les années 1930, aux Italiens, aux Polonais, aux Espagnols qu'on licenciait et qu'on expulsait au fur et à mesure que le chômage augmentait. En 1936, il avait entendu les mineurs en grève réclamer du pain et la justice. Un jour, il m'avait raconté son enfance : la peur de la mère tous les matins quand le père descendait dans le puits, l'argent qui manquait toujours, la poussière du charbon qui s'infiltrait partout, qui noircissait tout, l'espoir, au moment du Front populaire, que tout allait changer, la crise qui avait continué, l'angoisse qu'un jour la mine ne fermât... Mais il y avait de la joie de vivre dans cette maison de mineur où, comme souvent dans les familles pauvres, les parents se privaient de tout pour que les enfants sentent le moins possible les effets de la misère. Et puis il y avait eu l'instituteur qui lui avait donné l'envie d'apprendre et qui lui prêtait des livres. Après il y avait eu la guerre, la mort du père...

Non, il ne voulait pas penser que tout cela pût se reproduire. Il y avait eu trop de souffrances. Au fond, c'était cela le progrès : moins de souffrances.

Il avait vécu et enseigné avec l'espoir que le monde deviendrait meilleur. Se dire au fond de lui que cet espoir était peut-être vain le rendait triste. Son regard s'est détourné de la fenêtre. Il est revenu vers moi. Il a enchaîné :

— De Gaulle, je le respectais, même si je n'étais pas toujours d'accord avec lui. Et Pompidou, il venait d'une famille d'instituteurs. Mais depuis, qui a essayé de dresser quelque chose contre la folie d'un monde où ce qui n'avait pas de prix n'avait plus de valeur, contre l'argent, contre toutes les formes de barbarie qui relevaient la tête ?

— Après De Gaulle et Pompidou, à part Sarkozy, ils ont tous cru que la politique ne pouvait plus rien contre des forces qui la dépassaient. Ils ont géré tant bien que mal. Ils ont fait ce qu'ils pouvaient.

Au fond, pendant longtemps, il n'y avait eu, au milieu de ce renoncement, que quelques hommes politiques pour tenter désespérément d'opposer un refus à ce qui leur paraissait inacceptable.

Je me souviens de Séguin, de Pasqua et de Chevènement, presque seuls en 1992, au moment de Maastricht, contre toute la classe politique, les médias, les intérêts.

« Avec leurs mains nues », comme aurait dit Malraux, ils ont assumé la France quand plus personne ne voulait l'assumer.

Une fois de plus, il s'agissait de savoir si la France devait ou non sortir de l'Histoire. Ce fut ma première campagne et mon premier discours. Pour dire « non ». Ce premier discours, avec Philippe Séguin nous y avons travaillé pendant des semaines. Il devait durer trois heures.

L'enjeu ? « Rien de moins que notre communauté de destin. » « Cessons de tricher, disait Séguin, nous devons choisir de conserver notre souveraineté ou d'y renoncer ! Et rien n'est plus dangereux qu'une nation trop longtemps frustrée de la souveraineté par laquelle s'exprime sa liberté. »

Quand je vois le gouffre au bord duquel nous avons conduit l'Europe, droite et gauche confondues, depuis vingt ans, je ne peux pas m'empêcher de rappeler cette prédiction sur les conséquences de la monnaie unique : « Un effort colossal devra être entrepris pour réduire les écarts entre les pays. C'est ainsi que l'Europe sera tout naturellement appelée à gérer un gigantesque système de redistribution à l'échelle fédérale. » Et dès lors, avertissait Séguin, que les écarts seraient trop grands pour que les plus prospères supportent de payer pour les autres, la monnaie unique conduirait en fin de compte à un éclatement de l'Europe. Il exprimait le refus de tous ceux qui avaient parfaitement compris que la voie qu'on leur proposait les mènerait fatalement, un jour, à cette situation tragique où il leur faudrait choisir entre l'explosion de l'Europe et la perte de toute souveraineté budgétaire que les auteurs du traité prétendaient préserver.

Ce qui est exactement la situation dans laquelle nous nous trouvons aujourd'hui…

— Je me souviens de ce discours qui a ébranlé tant de ceux qui, jusque-là, ne s'étaient posé aucune question parce que en votant « oui » ils avaient le sentiment qu'ils allaient dire « oui » à la paix.

— Pourtant, il a bien failli passer inaperçu, ce discours. Quand Philippe Séguin est monté à la tribune de l'Assemblée, la France venait d'apprendre le drame de Furiani. Il y avait une atmosphère de deuil qui semblait devoir tout recouvrir. Le lendemain, on n'a parlé que des victimes. Mais quand l'émotion est retombée, on a vu que ses paroles avaient porté.

— Je me souviens qu'après le discours, le « non » a commencé à progresser dans les sondages.

— Je ne sais plus qui avait trouvé ce slogan magnifique : « Liberté, je chéris ton "non". »

Mais, au fur et à mesure que la campagne se déroulait, un nombre de plus en plus grand de Français comprenaient qu'à travers la question de la souveraineté, c'était bien le problème de la liberté qui était posé.

Il y avait dans la campagne du « non » une sorte de jubilation que je n'ai jamais ressentie depuis. Séguin y a été superbe.

— Je me suis toujours demandé pourquoi il avait choisi la droite. Cela ne devait pas être simple pour lui tous les jours.

— Cela n'aurait pas été simple avec la gauche non plus. Quand on regardait, comme lui, l'Etat, la nation et le modèle républicain dans ce qu'ils avaient de plus exigeant, ce n'était simple ni à droite ni à gauche. Dans le grand débat qu'avait lancé Régis Debray entre les démocrates et les républicains, les républicains étaient majoritaires dans le pays et minoritaires dans les partis.

Les républicains regardaient la démocratie comme un moyen et la République comme une fin. C'était la position de Philippe Séguin : la démocratie, c'était le suffrage universel, le multipartisme, la liberté d'expression, la séparation des pouvoirs, l'Etat de droit. La République, c'était un système de valeurs.

Il y avait ceux qui voulaient la démocratie sans la République et ceux qui voulaient la démocratie avec la République.

En 1958, De Gaulle avait proclamé : « Nous avons choisi la démocratie et la République. »

— Tous les pays de l'Union européenne sont des démocraties. Mais nous étions les seuls à avoir choisi le modèle républicain. Pour combien de temps encore ?

— A une époque, tout cela a pu sembler dépassé. Toutes les finalités et les valeurs de la République paraissaient tellement en décalage avec les idées qui menaient le monde. Mais quand aujourd'hui l'Allemagne et l'Angleterre s'interrogent sur le multiculturalisme, quand la crise financière met en lumière la faillite morale d'un monde uniquement guidé par l'appât du gain, quand le modèle républicain commence à apparaître comme une réponse possible à l'angoisse que suscite partout la difficulté de plus en plus grande à vivre ensemble, la République n'est-elle pas en train de redevenir une idée neuve ?

— Quels moyens avons-nous pour la vouloir ?

— Mais en 1940, à Londres, De Gaulle n'avait rien. Et Churchill, avant la bataille de Londres, qu'est-ce qu'il avait ?

Regardez Jean Monnet, en 1946, quand il a lancé le premier Plan d'investissement, il n'y avait plus rien.

Le directeur du Trésor de l'époque, François Bloch-Lainé, a écrit dans ses mémoires que le Plan Monnet était une fuite en avant qu'il l'avait approuvé néanmoins parce que c'était, à ses yeux, la seule façon pour la France de sortir du malthusianisme. Sans le Plan Monnet, il n'y aurait pas eu les Trente Glorieuses.

— C'est quand même très difficile de faire vivre la République quand les caisses sont vides…

— C'est vrai, mais l'argent, ce n'est pas la richesse. La vraie richesse, elle vient de l'imagination, de l'intelligence, du travail. La richesse, elle n'a qu'une source : la puissance créatrice de l'homme.

Je me souviens d'une conversation avec deux diplomates européens à Bruxelles en 2008, à propos de l'Union pour la Méditerranée. Ils me disaient que sans l'argent de la Commission il n'y aurait rien pour financer des projets, je leur ai répondu que, dans l'univers de l'administration, c'étaient les crédits disponibles qui déterminaient les projets, mais que, dans la vie normale, c'étaient les projets qui attiraient les capitaux.

Au commencement de leur aventure, la plupart des entrepreneurs n'ont pas le moindre centime pour financer leur projet.

Heureusement qu'ils ne s'arrêtent pas à cet obstacle.

Les diplomates voulaient des financements avant de faire des projets. Je voulais des projets avant d'aller chercher des financements. Prisonniers du monde dans lequel ils vivaient, ils ne pouvaient pas le comprendre.

J'ai fini par leur dire que dans les cavernes de la préhistoire il n'y avait rien. Pourtant, à force de travail et d'imagination, l'humanité s'était progressivement enrichie.

Le lendemain, ils étaient toujours dans leur caverne mentale à chercher comment arracher des crédits à la Commission… Je me disais qu'au fond, bien souvent, le problème de la politique c'était qu'elle s'inventait des raisons de ne rien vouloir, qu'elle s'enfermait dans des contraintes imaginaires qui ne faisaient qu'exprimer une défaillance intellectuelle et morale.

— Cela me rappelle, dit le vieil instituteur, la réponse de Jospin en 1998 à ceux qui lui demandaient de s'opposer au plan de restructuration de Michelin : « L'Etat ne peut pas tout faire. » Cela avait été ressenti, par beaucoup de ceux qui avaient voté pour lui, comme une sorte de reniement. Pourtant cela paraissait assez raisonnable.

— Oui, cela paraissait assez raisonnable, et pourtant il y avait ce sentiment pénible, que moi-même j'avais éprouvé plus ou moins confusément en l'écoutant, que quelque chose n'allait pas.

Le vieil homme répliqua :

— Au fond, ce qui était gênant, c'était qu'il semblait se dédouaner par avance de ses responsabilités alors qu'il avait promis de les assumer toutes. C'était donc une fois de plus un problème moral.

— Oui, lui répondis-je, au lieu de dire : « Je ne peux pas », il aurait dû dire qu'il ne voulait pas intervenir parce que, au lieu d'améliorer les choses, cela les aurait aggravées. En disant : « Je ne peux pas », il s'exonérait de sa responsabilité. En disant : « Je ne veux pas pour telle raison », il aurait pris ses responsabilités.

— Quand Mitterrand affirmait : « Contre le chômage, nous avons tout essayé », il faisait exactement la même chose.

— A vrai dire, à droite et à gauche, pendant des années, les politiciens ont frappé la politique du sceau du renoncement. Quand Séguin a parlé de « Munich social » en 1993, c'était exactement ce qu'il voulait dire. Ça a fait scandale, mais c'était pourtant la vérité. Entre une politique qui voulait quelque chose – par exemple : le gaullisme – et celle qui ne voulait rien – la politique des petits arrangements –, il fallait choisir.

— En 2007, Sarkozy a donné le sentiment qu'avec lui la politique des petits arrangements, ce serait terminé. D'où, sans doute, la raison de son succès. Mais les gens ont eu le sentiment qu'il avait parlé dans le vide. Ils n'ont rien vu. Du temps de De Gaulle, on dira ce que l'on veut, mais ils sentaient que la volonté politique était quelque chose que l'on devait prendre au sérieux, qui avait prise sur les événements. Aujourd'hui c'est différent. Peut-être parce que le monde a changé et que ce qui était possible hier ne l'est plus aujourd'hui. J'ai connu beaucoup de gaullistes qui avaient une vision romantique de la politique. Peut-être que le monde a tout simplement cessé à jamais d'être romantique. Peut-être qu'il est devenu trop terre à terre.

— Il y a eu et il y a encore des gaullistes romantiques.

Mais le général De Gaulle n'était pas du tout un romantique. C'était un classique. Son austère grandeur faisait penser à Eschyle et à Sophocle. Le « non » du 18 Juin n'était-il pas celui d'Antigone ?

J'ai dit, un jour : « Le gaullisme, c'est sans doute un peu Jeanne d'Arc mais pas du tout Don Quichotte, encore moins la *Légende dorée.* »

Le gaullisme, c'est le 18 Juin, la France Libre, la Résistance, mais c'est aussi le programme du Conseil national de la Résistance, la reconstruction de l'Etat, la Sécurité sociale, la Ve République, l'élection du président de la République au suffrage universel, la décolonisation, l'aménagement du territoire, l'ardente obligation du Plan, le Marché commun, la bombe atomique, la réconciliation franco-allemande, le plan Rueff, le nouveau franc…

Malraux avait résumé : « Nous voulions une nation réellement indépendante et nous l'avons faite ! Un Etat moderne, capable d'assumer la France des cinquante années à venir, et nous travaillons à le faire ! Plus de justice sociale et nous finirons bien par y parvenir. »

— Le gaullisme avait certes commencé par le Verbe. Mais il avait agi.

— Vous avez raison : le monde a changé. Ça explique que les moyens aient changé. Ça n'explique pas pourquoi on n'en utilise aucun. De Gaulle savait que l'Histoire était tragique et que, par conséquent, la politique l'était aussi. Et il savait aussi que si l'on se contentait d'opposer au tragique de l'Histoire des rêves ou de la bonne conscience, il ne se passerait rien.

Pour qu'il se passât quelque chose, il fallait assumer l'angoisse du choix face à des choix impossibles.

Le drame de la IIIe République, ce fut qu'à partir d'un certain moment les politiciens ont reculé devant l'angoisse du choix que Clemenceau avait si bien assumée en 1917.

— Je crois aussi que la responsabilité de la politique, c'est de chercher une solution quand la solution n'est écrite nulle part. C'est de répondre quand il n'y a pas de réponse toute faite. Mais ce n'est pas facile.

« Antigone a raison et Créon n'a pas tort… »

— Contre la bonne conscience des politiciens, De Gaulle a imposé une politique qui se faisait en regardant les réalités en face, non pour s'y soumettre mais pour les changer.

C'est aussi ce qu'a fait Sarkozy lorsque les crises l'ont mis face au tragique de l'Histoire.

— Mais tout le monde n'a pas conscience de la gravité de ce qui s'est passé.

— Il faut s'imaginer ce qui se serait passé si toutes les banques du monde avaient fait faillite. Et ça a bien failli se produire.

Il faut s'imaginer ce qui serait arrivé si Sarkozy n'avait pas réussi à obtenir la création du G20 ou à faire en sorte que les Européens agissent ensemble pour conjurer le risque que tout soit emporté.

Quand il a parlé du G20, quand il a voulu réunir les chefs d'Etat et de gouvernement de la zone euro ou quand il a proposé que les Etats soutiennent l'activité qui s'effondrait, personne n'y a cru. On a oublié, mais personne n'y a cru.

Moi, je n'ai pas oublié la réunion à Camp David avec le président Bush, dans une ambiance dramatique.

Il a fallu se battre sur tous les fronts pendant cinq ans. Mais quand j'ai vu les foules qui acclamaient la France en Côte-d'Ivoire et à Benghazi, quand j'ai vu les cent mille personnes rassemblées sur la place de la liberté à Tbilissi qui disaient merci à la France, je ne me suis pas dit que, dans le monde d'aujourd'hui, la politique ne pouvait plus rien.

A Benghazi, on a présenté au président de la République un nouveau-né que ses parents avaient baptisé Sarkozy, en signe de gratitude envers la France. Dans une lettre à l'un de ses amis, Bernanos a écrit : « Il y a tout de même des réussites dans la vie, des grands et des petits miracles – mais on ne sait jamais quels sont les grands, quels sont les petits –, enfin qu'importe, ce sont des sourires de Dieu. »

Il y a des gens qui ne croient pas aux miracles et c'est bien triste…

— Des diplomates ont dit que la voix de la France avait disparu dans le monde.

— Je leur ai répondu que la voix de la France n'avait jamais été aussi été entendue depuis vingt ans. Ils étaient furieux parce qu'ils voulaient que le gouvernement leur confie la politique étrangère. Je leur ai dit que la politique étrangère et la diplomatie, c'étaient deux choses différentes et que ce n'était pas aux chefs de bureau de l'Administration de faire la politique de la France.

— Cette politique a pu paraître à beaucoup désordonnée. Entre les sommets, les réunions de travail, les visites officielles, les interventions militaires, les discours… comment ne pas avoir eu le tournis ?

— Ce n'était pas la politique étrangère qui était désordonnée. C'était le monde qui était en désordre. Il fallait faire face à ce désordre. Heureusement, la France l'a fait. A-t-on oublié que la présidence française a sauvé l'Europe en 2008 au moment de la crise financière ? N'a-t-on pas vu à chaque crise européenne la France prendre l'initiative et empêcher la catastrophe ? N'a-t-on pas vu ce que la France a fait au G20 sur les paradis fiscaux ou la régulation financière ? N'était-elle pas dans son rôle quand elle parlait pour les pays pauvres et pour l'Afrique à Copenhague ? Ou quand elle se battait pour que tous les continents participent à la gouvernance mondiale ?

— On a parlé de suivisme vis-à-vis des Etats-Unis. Et c'est vrai qu'il y a eu le retour de la France dans l'OTAN…

— Quand Nicolas Sarkozy s'est adressé au Congrès des Etats-Unis en 2007 il ne lui a pas dit nous vous suivrons sur tout, au contraire, sur le climat, sur le dollar, sur la finance, sur le Moyen-Orient il a appelé l'Amérique à changer.

La France a-t-elle suivi les Etats-Unis quand Nicolas Sarkozy a déclaré à la Knesset qu'il ne pourrait y avoir de paix sans la reconnaissance de Jérusalem comme capitale de deux Etats et la garantie de la liberté d'accès aux Lieux saints pour toutes les religions ? A-t-elle suivi les Etats-Unis quand elle a voté que l'autorité palestinienne soit représentée à l'UNESCO ?

La France n'a pas eu à revenir dans l'OTAN. Elle ne l'avait jamais quittée. Le général De Gaulle s'était retiré des organes de commandement parce qu'il ne voulait pas que la France puisse être entraînée contre son gré dans une guerre qu'elle n'aurait pas voulue. Il faut se souvenir que c'était l'époque de la guerre froide et que le monde vivait dans la hantise d'une guerre entre les deux blocs…

De Gaulle avait fermé les bases américaines, s'était doté d'un armement atomique dont la France seule avait la maîtrise.

Nicolas Sarkozy n'a pas rouvert les bases américaines ni remis les clés de notre arsenal nucléaire aux Etats-Unis. Mais la France participe désormais à l'élaboration des plans, à la définition de la stratégie et à la conduite des opérations. Les temps ont changé. Les Américains ne décident plus seuls – sur l'adhésion de la

Géorgie et de l'Ukraine, sur la Libye, c'est le point de vue de la France qui a prévalu sur celui des Etats-Unis.

La France reste maîtresse de sa défense. Mais avec le retour dans le commandement de l'OTAN, elle ouvre la voie à une défense européenne en rassurant les pays de l'Est hantés par l'Histoire.

— La défense européenne, plus personne n'en parle.

— Au moins nous aurons essayé. Nous n'avions pas le droit de ne pas essayer.

— Vous avez peut-être raison. Mais l'énergie dépensée sur la scène internationale paraissait disproportionnée par rapport à celle consacrée aux affaires intérieures, et pour des résultats bien minces puisque, finalement, rien n'a changé.

Je n'ai rien dit…

Ce qu'exprimait le vieil instituteur, c'était ce que ressentaient la plupart des Français. C'était vrai que tout ce qui pouvait être tenté avait été tenté et que les lignes n'ont pas suffisamment bougé, que la gouvernance mondiale n'a pas assez changé.

Au G20, il a manqué des Roosevelt du XXIe siècle capables de comprendre la nécessité de construire un nouvel ordre mondial pour éviter le risque d'une catastrophe. Je pense à Obama qui n'a fait que naviguer jusqu'à présent entre les écueils comme un politicien habile, non comme le président des Etats-Unis visionnaire dont le monde en crise aurait eu besoin.

Quand, dès septembre 2007, devant l'assemblée générale de l'ONU, Nicolas Sarkozy avait appelé à un nouvel ordre économique et écologique mondial, il avait prêché dans le désert.

En septembre 2008, le discours qu'il prononça à Toulon a eu plus d'écho parce que la crise n'était plus une éventualité à laquelle personne ne voulait croire, mais une réalité. Dix jours après la faillite de la banque américaine Lehman Brothers qui a précipité le monde au bord du gouffre, certains l'incitaient encore à ne pas annoncer que l'Etat ne laisserait aucune banque faire faillite. Ils avaient peur de propager la panique. Heureusement, il n'avait pas cédé. Ce soir-là, il avait dit la vérité sur la gravité de la situation. C'était la meilleure façon de retrouver la confiance de ceux qui étaient gagnés par le doute. Ce fut l'un des discours les plus importants qu'il prononça durant toute sa carrière politique.

Face à ce qui était en train de se passer, il a dressé l'acte d'accusation d'une finance devenue folle et appelé à la moralisation de toute urgence du capitalisme financier…

Je me souviens de ses mots : « Il faut un nouvel équilibre entre l'Etat et le marché, alors que partout dans le monde les pouvoirs publics sont obligés d'intervenir pour sauver le système bancaire de l'effondrement. Un nouveau rapport doit s'établir entre l'économie et la politique à travers la mise en chantier de nouvelles réglementations.

« L'autorégulation pour régler tous les problèmes, c'est fini. Le laisser-faire, c'est fini. Le marché qui a toujours raison, c'est fini. »

Il prit l'engagement que l'Etat interviendrait si c'était nécessaire pour sauver les banques, et pour réglementer la finance.

C'était rompre avec tous ses préjugés, tous les préjugés de son camp, tous les préjugés de toutes les forces qui l'avaient toujours soutenu. Ce soir-là, il a achevé de devenir l'homme d'Etat qui a compris ce que les circonstances exigeaient de lui.

Il n'y a guère eu en ce moment crucial sur la scène du monde que Gordon Brown, le Premier Ministre britannique, à s'être révélé capable lui aussi de surmonter ses préjugés faisant ainsi la preuve qu'il était lui aussi un homme d'Etat.

— Depuis, le capitalisme n'a pas beaucoup évolué. Mais peut-il être moral ? Après tout, le moteur du capitalisme, c'est le profit. C'est l'appât du gain…

— L'entrepreneur n'obéit pas qu'à l'appât du gain, et le vrai capitalisme, c'est celui des entrepreneurs. Ce que proposait Sarkozy, c'est qu'à l'avenir l'entrepreneur prenne le pas sur le financier alors que depuis trente ans c'était l'inverse. Mais, je le répète, le capitalisme, ce n'est pas que l'économie de marché, ce sont aussi des institutions, un système de valeurs, une idée du salut…

— Vous voulez dire que votre projet, c'était de revenir à l'esprit du capitalisme déformé par la finance, en posant le problème de la civilisation ?

— C'est exactement cela. Et dans le problème de la civilisation, il y a celui de la morale.

En septembre 2008, Sarkozy a énoncé un véritable programme d'action : réglementer la finance, redonner une place centrale aux créateurs, aux inventeurs, aux entrepreneurs, aux producteurs, restaurer la valeur du travail, du mérite, de la responsabilité que les dérives de la finance ont abîmée. Il a fait ce qu'il avait dit. Il s'est engagé sur tous les sujets qu'il avait évoqués.

Au fond, c'était assez proche de ce qu'avaient cherché à faire De Gaulle et Pompidou, ou de ce qu'avait rêvé de faire un républicanisme à la Séguin. La difficulté, c'est que nous ne pouvions pas aller au bout tout seuls.

— Et les autres n'ont pas voulu, c'est ça ?

— Oui, la politique, cela se fait avec les autres et il a fallu se battre à l'intérieur, dans la société, dans l'économie, mais aussi faire bouger l'Europe et le reste du monde, c'est-à-dire au moins le G20.

— Si je comprends bien, le problème, c'est le rapport de la politique à tout le reste : les marchés, le commerce. Finalement, le G20, c'était la politique qui voulait reprendre la main. Mais si l'on n'arrive pas à décider ensemble, à quoi bon ?

— Réunir les vingt chefs d'Etat et de gouvernement les plus puissants du monde, c'était déjà une sorte de miracle. Ça voulait dire que l'on était au moins d'accord pour en finir avec l'idée que l'économie et la finance avaient une vie à part, qu'elles n'avaient aucune responsabilité, ni sociale, ni morale, ni humaine, en dehors des comptes qu'elles devaient à leurs actionnaires.

On avait poussé tellement loin la logique de la valeur pour l'actionnaire que l'économie mondiale était devenue un bateau ivre. Et on était en train de se rendre compte que son naufrage risquait d'entraîner celui de toutes les autres formes de vie sociale.

C'était, en soi, un changement considérable. Il faut avoir conscience que l'on sortait d'une époque où les Etats, quand ils n'étaient pas actionnaires, ne se sentaient plus légitimes à demander des comptes à une entreprise, et encore moins à une banque.

Je me souviens des banquiers avant la crise : quand le gouvernement leur demandait de faire un effort pour financer l'économie, ils répondaient : « Laissez-nous faire notre métier… »

En septembre 2008, quand toutes les banques se sont retrouvées au bord de la faillite, les choses ont changé.

— Mais la politique reste ancrée dans les nations alors que l'économie est mondiale. Le G20 s'est heurté à cette contradiction…

— L'histoire des grandes entreprises transnationales dont on ne pouvait plus dire la nationalité, on nous l'a racontée pendant des décennies. Mais quand la crise est arrivée, aucune n'a eu de mal à se souvenir de sa nationalité. Aucune, quand elle a eu besoin d'aide, ne s'est trompée de guichet…

— Les idées ont-elles vraiment changé ? Quand la crise s'est éloignée, qu'est-il resté de cette prise de conscience ?

— Lors du premier G20, le nom de Keynes est réapparu dans le débat. Cela faisait bien longtemps que l'on n'avait pas osé prononcer son nom dans un sommet international : depuis trente ans, le monde se construisait contre tout ce qu'il avait représenté.

— Les idées de Keynes sont-elles encore applicables ?

— Peu importe la pertinence de la pensée keynésienne. Je n'ai jamais été à proprement parler keynésien. Mais quand il a publié la *Théorie générale*, en 1936, il a contribué à une grande révolution intellectuelle, semblable à celle dont nous aurions besoin aujourd'hui. Quoi que l'on en dise, la *Théorie générale* est un livre qui oblige à réfléchir et qui rend plus intelligent.

— Mais plus personne ne le lit.

— Pourtant ça ferait du bien à tout le monde, ne serait-ce qu'à cause du passage où il compare les marchés financiers aux concours de beauté dans les journaux, où celle qui gagne n'est pas forcément la plus belle mais celle que la majorité trouve la plus belle…

Que l'on reparlât de Keynes, c'était le signe que l'intervention de l'Etat, donc de la politique, redevenait légitime. C'était un changement énorme.

— Qu'est-ce que ça a changé ?

— En 2008, avec la crise, on a quand même réussi à faire bouger un peu les choses. Mais pas assez. Je me souviens du G20 de Londres, où le Président a menacé de quitter la salle et de prendre l'opinion publique mondiale à témoin si l'on ne faisait rien contre les paradis fiscaux. Personne ne voulait en publier la liste. Ce fut un moment de très grande tension. Finalement, la liste a été publiée.

— Ce n'était pas la fin des paradis fiscaux.

— Mais ça les a obligés à signer des accords de coopération qui mettent aujourd'hui dans une plus grande insécurité ceux qui vont y cacher leur argent…

Avant, on ne pouvait pas parler des paradis fiscaux, on ne pouvait pas parler des bonus, on ne pouvait pas évoquer la possibilité d'encadrer la finance. Maintenant on peut. On a semé. Et même si la germination est lente, un jour on en récoltera les fruits. Il faudra bien, parce que, dans l'opinion, les idées évoluent plus vite que chez les responsables. Ce décalage ne pourra pas durer bien longtemps. A la fin, c'est l'opinion qui, comme toujours, aura le dernier mot.

Derrière les marchés, il y a l'argent. Mais derrière l'opinion, il y a les peuples.

— Les dirigeants du monde n'ont pas compris qu'ils avaient la responsabilité morale de ne pas désespérer les peuples.

— C'est tout le problème…

Sarkozy leur a fait la leçon à Londres, à Cannes, à Copenhague, comme il l'a faite aux banquiers, à Davos, en 2009, quand il leur a dit : « Il y a des comportements indécents qui ne seront plus tolérés par l'opinion publique dans aucun pays au monde. Il y a des profits excessifs, des rémunérations abusives qui ne seront plus supportés. ».

Au moins il a essayé.

— N'est-ce pas un aveu d'impuissance ?

— Nous ne changerons pas tout seuls la mondialisation. Mais nous n'avons pas non plus gagné la guerre de 1914 tout seuls. Foch passait tout son temps à négocier avec les chefs alliés. De Gaulle a fait la même chose. Et vous vous souvenez de ce qui s'est passé quand Eisenhower a voulu que les troupes françaises évacuent Strasbourg à peine libéré ?…

— Mais, en 1917 ou en 1944, l'objectif était clair : gagner la guerre. Aujourd'hui on ne sait pas où l'on veut aller. En 1945, on a pu construire un nouvel ordre mondial parce que l'on savait tous ce que l'on voulait, et surtout ce que l'on ne voulait pas. Il y avait eu beaucoup de souffrances, la crise économique, la guerre, la Solution finale… Nous avions beaucoup réfléchi aux formes de la civilisation que nous voulions opposer à la barbarie, et au modèle de société que nous voulions opposer à la misère. On a contrôlé les banques, bâti la Sécurité sociale, créé l'ONU et le FMI, puis on a commencé à construire l'Europe. Tout le monde était d'accord pour faire les Trente Glorieuses. On les a faites. Quand Roosevelt en 1933 avait décidé qu'il fallait en finir avec ceux qui spéculaient avec l'argent des autres, il savait très bien où il voulait aller et tout le monde a fini par y aller. Mais aujourd'hui ? Quand on lit un communiqué du G20, on se dit que l'on ne sait pas où l'on va…

— Vous n'avez pas tort et quand Sarkozy leur a dit que la taxe sur les transactions financières, c'était une question de morale, ils n'ont pas compris de quoi il parlait.

— Ils ont répondu qu'ils ne comprenaient pas ?

— Leurs experts leur avaient dit que c'était impossible. Alors ils ont répondu que c'était impossible.

— Impossible ? Pourquoi ?

— Parce que les capitaux iraient là où il n'y aurait pas de taxe.

— Alors c'est impossible ?

— Non, il suffirait de décider que toutes les transactions financières doivent passer par des marchés organisés où elles seraient taxées...

— Comment les obliger ?

— Lorsque vous achetez un appartement, vous allez chez le notaire, sinon vous n'êtes pas légalement propriétaire. Il n'y a qu'à faire pareil. Si les vingt pays les plus importants de la planète décidaient que toutes les transactions effectuées en dehors des marchés organisés et contrôlés n'ont aucune valeur juridique devant leurs tribunaux, tout le monde irait sur des marchés organisés.

Après, on pourrait tout faire : taxer, mais aussi réglementer, contrôler, interdire les opérations purement spéculatives, imposer d'autres modes de cotation... Bref, réguler vraiment les marchés, ralentir la finance qui va trop vite, qui s'emballe et qui perd la tête...

— Au fond, ce que vous dites, c'est que ce n'est pas la politique qui est impuissante, c'est la volonté politique qui n'est pas au rendez-vous. N'est-ce pas encore et toujours le mur de l'argent ? Ça ne change pas beaucoup, non ?

— Il y a les intérêts. Mais il y a surtout la difficulté de sortir d'un cadre de pensée dans lequel tous les responsables actuels ont été éduqués. A Londres, un banquier m'a dit : « Dites à Sarkozy d'arrêter avec la spéculation : la spéculation ça n'existe pas !... »

Quand le régulateur anglais, lord Turner, a dit aux financiers de la City qu'une bonne partie de leurs activités n'avait aucune utilité sociale, ils n'en sont pas revenus. Ils ne pouvaient tout simplement pas l'admettre. Ils sont enfermés dans leur monde et ils ne peuvent pas imaginer d'en sortir.

Mais le banquier ne regarde qu'un côté de la réalité quand il explique que les activités des salles de marché sont des activités à forte valeur ajoutée ; qu'elles permettent aux entreprises de s'assurer contre les risques que leur font courir les hausses et les baisses imprévisibles des monnaies, des taux d'intérêt, ou de la Bourse.

Ce qu'il ne veut pas voir, c'est qu'au fur et à mesure que ces instruments se développent les marchés sont de plus en plus instables.

Aussi le risque pour tous grandit-il au fur et à mesure que chacun cherche à s'en protéger.

Mais il y avait dans la finance mondiale un autre vice caché que la crise a révélé au grand jour : on se protégeait contre les risques en les faisant partager à tout le monde. Un petit bout de risque pour chacun, ce n'était pas bien dangereux. Tout se passait comme si cette dispersion du risque le faisait disparaître. Chacun pouvant se débarrasser du risque sur les autres, chacun en prenait toujours davantage. Jusqu'à ce que la masse énorme de ces risques qui ne cessaient de croître nous explose à la figure.

— Et personne n'a rien vu venir ?

— Si, bien sûr, parce que c'est une vieille histoire qui recommence périodiquement sous des formes différentes. Mais les financiers et les banquiers n'y croyaient pas. Un vieil adage boursier dit que « les arbres ne montent pas jusqu'au ciel ». Les financiers trouvent toujours que le ciel est encore loin.

A la fin des années 1980, un peu avant la catastrophe boursière japonaise, on avait demandé à l'économiste Milton Friedman s'il pensait que les cours des actions à Tokyo étaient trop élevés. Il avait répondu qu'il ne savait pas dire à partir de quel moment exactement on pouvait affirmer que les cours étaient trop élevés, mais qu'en revanche, lorsque la valeur des entreprises cotées à la Bourse de Tokyo représentait plus de la moitié de la valeur de toutes les entreprises cotées sur toutes les Bourses du monde, il y avait quelque chose qui n'allait pas. C'était du bon sens. Mais les cours avaient continué à monter. Le ciel semblait encore loin...

— Et les banques dans tout ça ?

— Elles ont prêté aux spéculateurs. S'il n'y a pas de crédit, il ne peut pas y avoir un tel emballement de la spéculation. Parce que lorsque la spéculation ne vit que sur ses ressources propres, si elle prend trop de risques, elle s'épuise vite. Quand on joue avec son propre argent, on est plus prudent. C'est toujours l'histoire de ceux qui peuvent jouer avec l'argent des autres...

Les banques ont aussi joué au grand jeu de l'escamotage des risques. Elles se sont débarrassées du risque de non-remboursement des prêts. Dès lors, elles ne se sont plus préoccupées de ce risque, alors que leur métier c'est d'évaluer la capacité des emprunteurs à rembourser ce qu'on leur a prêté. Les banques françaises ont moins cédé à cette dérive que beaucoup d'autres. Mais les créances douteuses ont circulé. Ces emprunts toxiques ont contaminé tout le système financier mondial.

Un industriel français m'a un jour résumé, sous forme de boutade, ce qui, selon lui, s'était passé. Le métier de banquier, m'a-t-il dit, est un métier pour des gens pas très intelligents puisqu'il s'agit de ne prêter qu'à des gens qui peuvent rembourser. Un jour, on a mis des gens très intelligents à la tête des banques. Ils se sont dit que c'était trop bête de ne pas prêter aussi aux gens qui ne pourraient pas rembourser, et ils l'ont fait...

— Alors, la finance, c'est l'ennemi ?

— Non, mais il faut périodiquement la remettre à la place qui doit être la sienne : au service de l'économie et non l'inverse. Et, surtout, l'empêcher de sombrer dans la déraison. C'est une vieille histoire qui recommence toujours.

— Tout ce qu'ont retenu les gens, c'est que l'on avait sauvé les banques avec leur argent…

— On a sauvé l'argent des Français et ça n'a rien coûté. Ça a même un peu rapporté à l'Etat. Après, on a bien essayé de renforcer les contrôles. Mais on s'y est mal pris. La bonne idée, c'était celle de Paul Volcker, l'ancien président de la Banque fédérale de réserve américaine, qui proposait d'interdire aux banques de financer et de se livrer à des activités spéculatives. Les esprits n'étaient pas mûrs. Mais on finira bien par se rendre compte qu'il n'y a pas d'autres solutions.

— En attendant, la politique reste sous la coupe des marchés. Il est bien loin, le temps où De Gaulle pouvait dire que la politique de la France ne se faisait pas à la corbeille de la Bourse !

— C'est l'une des grandes difficultés que la politique doit surmonter en attendant que le monde se soit guéri de cette folie. Car c'est une folie, ces masses de capitaux qui tournent trop vite, ces valeurs qui changent sans arrêt, ces risques que personne ne maîtrise, ces dettes qui s'empilent les unes sur les autres…

La Bourse donne une valeur aux entreprises qui n'a plus aucun rapport avec leur capacité à produire des richesses. La comptabilité utilise ces prix de marché que la spéculation fait monter et descendre, et qui faussent les bilans.

La cupidité, la recherche frénétique du gain rapide dévalorisent l'avenir. Quand on veut

15 % tout de suite, l'avenir ne vaut plus rien. Tout ce qui prend du temps ne compte plus, c'est dans ce calcul suicidaire pour l'humanité que se nouent toutes les crises. *Exit*, le développement durable et l'industrie.

Ignorer cette puissance aveugle serait irresponsable car sur les marchés tels qu'ils fonctionnent aujourd'hui la spéculation est autoréalisatrice.

En pariant sur la faillite, elle fait venir la faillite. Si elle s'en prend à un Etat ou à une entreprise, les taux d'intérêt montent et le financement devient de plus en plus difficile et de plus en plus coûteux…

C'est pourquoi les gouvernements ont l'obsession, compréhensible, de ne pas devenir des cibles.

Ce n'est pas une raison pour lier son sort à cette puissance aveugle.

Quand la spéculation sur la Grèce a commencé, la France a proposé d'intervenir avec l'Allemagne sur le marché de la dette grecque, comme on le fait dans les crises monétaires pour desserrer l'étau avant de pouvoir remettre de l'ordre. En Grèce, il fallait avant tout reconstruire l'Etat avec une administration fiscale capable de faire rentrer les impôts dans un pays où presque la moitié de l'activité était souterraine.

L'Allemagne a refusé. Lors du premier sommet européen consacré à la Grèce qui s'enfonçait au fur et à mesure que les taux d'intérêt s'envolaient, Mme Merkel a déclaré : « Il faut redonner confiance aux marchés. » La plupart des dirigeants européens pensaient la même chose.

Paroles inquiétantes, à juste titre, comme la suite de l'histoire l'a montré. Elles révélaient qu'aucune leçon n'avait été tirée de la tourmente qui avait failli tout emporter. La politique se replaçait dans la même relation malsaine qu'elle entretenait avec les marchés avant la crise.

Un marché financier n'est pas un être vivant qui a des sentiments et qui raisonne.

Ce n'est pas non plus un laboratoire d'analyse économique.

Ceux qui interviennent sur les marchés financiers veulent gagner de l'argent en achetant avant les autres et en vendant avant les autres. Quand ils sont mis au courant d'une information, aucun d'entre eux ne se demande ce qu'elle signifie ni même si elle est vraie. La seule question que chacun se pose, c'est de savoir comment les autres vont réagir. Et comme les informations arrivent au hasard des événements, les marchés n'anticipent rien, ils avancent sans savoir où ils vont.

Peut-on accrocher l'avenir du monde à leurs caprices ?

Ce sont les dieux d'Euripide qui font tourner la roue du destin au hasard…

— C'est la dictature des marchés qui ne sait pas où elle va, reprit le vieil homme.

— Mais il n'y a pas de dictateur, il n'y a pas de complot, il n'y a rien. Et la politique de la confiance est une impasse. En 2008, en 2009, la confiance, c'était que les Etats s'endettent pour sauver l'économie. On vendait tout pour acheter des dettes souveraines. En 2010, la confiance, c'était que les Etats se désendettent. On vendait toutes les dettes pour acheter autre chose, mais on ne savait pas très bien quoi.

En 2011, la confiance, c'était de retrouver la croissance. En 2012, c'est : croissance ou rigueur ? Pile ou face ?

Une réaction chasse l'autre. Que faire ? Si l'on suit les marchés qui ne savent pas où ils vont, on va droit dans le précipice. Si on les prend à contre-pied, on risque d'être balayé.

C'est toujours « le conflit insoluble », donc tragique.

Dans l'extrême fébrilité qui règne, tout gouvernement est condamné à naviguer dangereusement entre l'instant et la durée. Mais il faut se donner un cap et essayer de s'y tenir. Il vaut mieux précéder les marchés que les suivre. Les gouvernements les ont trop suivis. Tout a commencé à l'automne 2009 quand les agences de notation ont demandé à tous les gouvernements ce qu'ils comptaient faire pour diminuer rapidement leur endettement que la relance avait considérablement accru. La difficulté à prendre la mesure des grands mouvements de l'Histoire et à remettre en cause, quand ils se produisent, les façons de penser auxquelles on est habitué depuis toujours joue en politique un rôle décisif. Je me souviens d'une remarque du président de la Banque centrale européenne en 2008 : « Si le désarroi est si grand chez les banquiers, c'est parce que pour la plupart d'entre eux une telle crise ne pouvait tout simplement pas se produire. »

Quand la crise grecque s'est brusquement aggravée, le Président, de retour d'un voyage en Chine, a aussitôt convoqué une réunion avec les ministres et les plus hauts responsables économiques de l'Etat. Tant d'intelligences et de compétences réunies ne furent capables que de conclure que la crise était uniquement grecque, qu'elle ne pourrait pas s'étendre à d'autres pays et que le Portugal, l'Espagne, l'Italie, c'était très différent, qu'ils ne seraient pas emportés.

Or, la crise grecque était déjà européenne et même mondiale. C'était moins d'une semaine avant que le président Obama appelle Mme Merkel pour lui signifier la gravité de cette crise pour le monde entier. C'était comme avec les experts militaires des années 30 qui étaient convaincus que les chars allemands ne passeraient pas par les Ardennes....

On comprend mieux pourquoi aucun responsable, aucun expert n'a envisagé un seul instant de résister à la pression des agences. Ils ne pouvaient pas concevoir une telle transgression. C'est ainsi que, au lieu de faire front ensemble contre les agences de notation qui portaient une si lourde responsabilité dans la crise, tous les gouvernements ont cédé à leur diktat de rigueur. Au lieu de faire front ensemble contre les agences, tous se sont soumis à leur diktat de rigueur. Mais le virage a été trop brutal. Ce tête-à-queue de la relance à la rigueur en même temps dans tous les pays a précipité l'Europe dans la récession.

— Pourquoi la France a-t-elle suivi le mouvement ? Tout le monde savait ce que les agences avaient fait. Les meilleures notes accordées aux créances les plus douteuses étaient encore dans toutes les mémoires. Les *subprimes* n'y étaient pas pour rien…

— Mais la France a été plus raisonnable que les autres. Nicolas Sarkozy n'a pas voulu céder à la panique. Il a refusé la baisse des salaires et des pensions de retraite. Il a choisi de donner la priorité à l'effort plutôt qu'à l'austérité dont il savait qu'elle aurait tout entraîné vers le bas. Quand il refusait d'employer le mot rigueur, c'était pour maintenir une digue contre la pression de tous ceux qui voulaient aller beaucoup plus vite et qui ne comprenaient pas qu'en allant trop vite ils aggraveraient la situation au lieu de l'améliorer.

— C'était un peu l'histoire de Pleven et Mendès France qui recommençait. En 1944, Mendès France plaidait pour rétablir les équilibres avec une politique d'austérité. Pleven s'y refusait parce qu'il pensait qu'après cinq années de guerre on ne pouvait pas ajouter de la souffrance à la souffrance.

— Sur le papier, le raisonnement de Mendès était exact. Mais c'est Pleven qui avait raison : ça n'aurait pas été supportable. De Gaulle a arbitré en sa faveur et Mendès est parti.

La question que nous nous sommes posée était un peu la même : fallait-il faire souffrir davantage les Français pour satisfaire aux injonctions des agences et gagner l'hypothétique confiance des marchés ? Il fallait au moins donner des gages. Car il n'était pas possible de rester isolé par rapport à ce que faisaient tous les autres. Nous aurions concentré sur la France toutes les attaques. Alors, nous avons donné des gages, sans aller trop loin.

— Mais tout le monde a dit que c'étaient Merkel et Sarkozy qui plongeaient l'Europe dans la récession. On disait même que, si Sarkozy l'emportait, ce serait l'Europe de la récession et que, si Hollande gagnait, ce serait l'Europe de la croissance.

— C'était assez injuste pour un président que j'ai vu pendant des mois lutter pied à pied avec les Allemands, avec les autres Européens, mais aussi à l'intérieur de son propre gouvernement, de sa majorité et avec beaucoup de ses amis, souvent tout seul, pour que l'on ne freine pas trop. Il a été l'un des rares hommes politiques européens à mesurer très tôt le danger déflationniste qui menaçait l'Europe.

— Mais il y a quand même le modèle allemand qui obtient de bons résultats en ayant comprimé le pouvoir d'achat pour diminuer les coûts et être plus compétitif. Est-ce qu'il ne faudrait pas l'imiter comme on l'entend partout ? Après tout, Sarkozy a beaucoup vanté ses mérites.

— Peut-être un peu trop… Mais c'était pour gérer la pression de la spéculation. C'est vrai qu'il y a des leçons à prendre de l'Allemagne. Je pense surtout à l'organisation industrielle et aux relations sociales. Pour le reste, ce n'est pas forcément un exemple.

— Il y a moins de chômage !

— Mais plus de travailleurs pauvres.

— Si toute l'Europe se portait aussi bien que l'Allemagne, ce serait quand même mieux, non ?

— Quand j'avais vingt ans, la mode était au modèle japonais. Il n'y a pas si longtemps, on vantait les mérites du modèle anglais et du modèle espagnol. Regardez où ils en sont ! Il faut se méfier des modèles… La vérité, c'est que l'Allemagne a habilement profité de l'euro mais que ça ne peut pas durer, et si tout le monde faisait comme elle, ça ne marcherait pas : pour que l'Allemagne soit en excédent, il faut que les autres soient en déficit, et si l'Allemagne freine le pouvoir d'achat, il faut que celui des autres tire ses exportations et sa croissance. C'est une stratégie de cavalier seul.

Le problème de l'Europe, c'est que chacun a essayé de tirer son épingle du jeu sans se préoccuper des autres et que ça ne peut plus continuer.

Mais on ne comprend rien aux débats sur la politique économique si l'on ne prend pas conscience que, derrière, il y a bien autre chose que des querelles d'experts. La vérité, c'est qu'il y a toujours eu en Europe, et en France en particulier, un courant qui prônait la rédemption par la douleur. Périodiquement, il appelle les Français à se sauver en expiant leur faute.

— Quelles fautes ont commises les Français ? N'ont-ils pas assez travaillé, pas assez épargné, pas assez fait d'efforts depuis trente ans ?

Que de réformes pourtant, et que de réorganisations, que de changements ils ont dû accepter ! Que de gains de productivité ils ont faits ! Que de tensions, de fatigues on leur a imposées ! Que de difficultés ils ont eu à affronter, de sacrifices à consentir !

— Si les Français n'aiment pas le mot réforme, ce n'est pas parce qu'ils sont réticents au changement, c'est parce que c'est un mot qui a souvent été pour eux synonyme de souffrance, et trop souvent pour rien.

— Ils savent bien que la crise annonce d'autres sacrifices. Mais ils ne veulent plus payer pour ceux qui ont commis des erreurs et qui se mettent à l'abri en leur laissant la facture à régler.

Et ils veulent savoir quand ça va s'arrêter.

— Je ne suis pas sûr que tout le monde ait bien compris que nous ne sommes pas au commencement des politiques sacrificielles mais au bout. Il y a des gens qui vivent dans leur monde et qui ne voient pas ce que les Français ont vécu, ce qu'ils ont subi, les sacrifices qu'on leur a demandés depuis la fin des Trente Glorieuses.

— Je rencontre beaucoup de gens qui ont envie de dire non à tout parce qu'ils n'en peuvent plus.

— S'il y a beaucoup de Français qui ont envie de dire « non » à tout, ce n'est pas parce qu'ils ne veulent pas travailler. C'est parce qu'ils n'arrivent plus à vivre de leur travail. C'est parce qu'ils n'arrivent plus à maîtriser leur propre vie, parce qu'ils ont l'impression d'être dépossédés de tout et que, quoi qu'ils fassent, leur destin est décidé par d'autres.

— Vous avez raison : ce « non », que j'entends partout, n'exprime pas, comme on l'a souvent dit, un déni de la réalité, un refus du monde. C'est le cri de douleur de tous ceux qui ont le sentiment que l'on nie leurs difficultés et le mal qu'ils se donnent.

— Au seuil de la servitude, il reste seulement la possibilité de dire « non ».

Imaginez ce que peut ressentir le cadre, le médecin généraliste ou l'ingénieur qui travaille tout le temps et qui ne se sent pas reconnu quand tout ce que l'on trouve à lui dire, c'est qu'il ne fait pas assez d'efforts ! Que peut penser, d'après vous, l'artisan ou le commerçant dont la vie est de plus en plus difficile quand on vient lui faire la leçon ?

Le paysan dont le sort dépend d'un fonctionnaire de Bruxelles et d'un spéculateur qui à l'autre bout du monde joue avec le prix de sa récolte, que pensez-vous qu'il éprouve quand on le traite comme un assisté ?

Et l'ouvrier dont l'épouse est sans emploi, qui a trois enfants à élever, qui a toujours travaillé, qui a tout accepté et dont l'usine vient de partir en Chine, que croyez-vous qu'il se dise quand on lui explique qu'il doit se prendre en mains ?

La fraude, l'assistanat, cela existe. Il faut les combattre. C'est une question de morale. Mais laisser entendre que tous les maux de notre pays sont dus à la paresse des Français dans leur ensemble, c'est aussi un problème de morale. Et de moral. Car ce n'est pas en démoralisant les Français qu'on les rendra davantage capables de relever les défis qui les attendent.

On ne résoudra rien en diminuant les indemnités de chômage des cadres ou en faisant la guerre aux pauvres. Ni aux riches d'ailleurs. Pendant cinq ans, nous avons tout fait pour ne pas se laisser entraîner dans cette voie.

— Il va quand même bien falloir réduire les dépenses. On ne peut pas indéfiniment dépenser les impôts de nos enfants et de nos petits-enfants.

Il faudra bien que chacun fasse des efforts pour régler les factures.

— C'est vrai, mais il ne s'agit pas d'expier des fautes imaginaires mais de nous en sortir.

— On a parfois le sentiment qu'il n'y a le choix qu'entre continuer comme si de rien n'était – ce qui n'est pas possible – et faire souffrir encore plus ceux qui souffrent déjà. Autant dire que c'est désespérant.

— Il faut se sortir de la tête que l'on peut gérer durablement les finances publiques sans tenir compte de ce qui se passe dans l'économie et dans la société.

Le désordre dans les finances publiques met du désordre dans la société. Mais l'inverse est tout aussi vrai : les difficultés de l'économie et de la société finissent toujours par se retrouver dans les comptes publics. Quand on désendette l'Etat en endettant les ménages, on ne règle rien.

En Angleterre et en Espagne, les ménages se sont endettés à la place de l'Etat. Au Japon, en France, c'est l'Etat qui s'est endetté à la place des ménages. Au bout du compte, les difficultés de l'Espagne et de l'Angleterre ne sont pas moins grandes.

Il faut réduire massivement les dépenses publiques mais en s'attaquant aux causes.

Ce qui étouffe nos budgets, ce sont les dépenses pour venir en aide aux entreprises et aux ménages. En faisant des coupes aveugles dans les dépenses on aggrave la situation des entreprises et des ménages, et l'on fait peut-être moins de dépenses aujourd'hui mais l'on se condamne à en faire davantage demain. Quand on retire quelques millions de trop au budget des Canadair et qu'ils ne peuvent pas être entretenus, on se condamne à des dépenses beaucoup plus importantes dès le premier incendie.

Si l'on ne veut pas dépenser un peu d'argent pour lutter contre la déscolarisation des enfants de onze et douze ans, on se condamne à en dépenser beaucoup plus dans l'avenir parce qu'ils seront à la charge de la société durant toute leur vie…

— Je me souviens, dit le vieil instituteur, que, dans les années 1950-1960, on avait des classes de quarante élèves et parfois plus, et ça se passait très bien. Parce qu'il y avait le plein emploi, parce que la société se portait bien. Aujourd'hui, alors que la société va mal, ce n'est plus possible. Les difficultés de la vie entrent à l'école. Il faut davantage s'occuper de chaque cas. Mais quand il faut plus de suivi individuel et des classes moins nombreuses, ça coûte plus cher…

— C'est dans les réformes structurelles, dans la politique éducative, dans la politique économique, dans l'investissement que se trouve la clé. Au lieu de dire que la France vit au-dessus de ses moyens, on ferait mieux de dire qu'elle vit au-dessous de ses moyens, puisqu'elle gaspille ses ressources. Le chômage de masse n'est-il pas un gigantesque gaspillage de ressources humaines ? L'Etat est très endetté, mais la France, quand on prend en compte aussi les particuliers et les entreprises, n'a pratiquement pas de dettes extérieures. Elle ne doit presque rien à personne, parce que les Français épargnent beaucoup.

— Alors que faire ?

— Il faut prendre le problème par le bon bout.

Si on place la réduction des déficits comme un préalable à tout, au lieu de la regarder comme une conséquence, on n'a aucune chance de réussir.

Si l'on augmente les impôts, on appauvrit les ménages, on décourage ceux qui travaillent et on met les entreprises en difficulté en réduisant leurs marges qui sont déjà dramatiquement faibles. A la fin, on aura moins de croissance, plus de chômage, moins de recettes et plus de dépenses. Donc plus de déficits.

Si l'on taille trop brutalement et trop aveuglément dans les dépenses, on aura aussi moins de croissance et plus de chômage et donc plus de déficits encore.

Il faut prendre le problème par l'autre bout, c'était la stratégie de la réduction de la fracture sociale en 1995 qui n'a pas été mise en œuvre. Tout doit commencer par la réduction de toutes les fractures qui sont des gaspillages de ressources : fractures civiques, sociales, territoriales, technologiques, éducatives… Les leviers sont dans la protection contre les dumpings, dans la monnaie, dans le financement de la protection sociale, dans l'investissement. Ou encore dans l'augmentation de la productivité de la dépense publique. Je pense en particulier à ce que l'on pourrait faire avec le budget de la Défense nationale au service d'une grande politique industrielle comme le font si bien les Etats-Unis, ou à l'utilisation de la culture ou de la recherche pour doper le développement économique. Quand on dit que le crédit d'impôt-recherche coûte des milliards, on oublie de dire ce qu'il rapporte. Je sais que c'est difficile. Je m'en suis bien rendu compte en voyant combien Nicolas Sarkozy avait du mal à convaincre que la culture pouvait aussi contribuer à la croissance.

— Donc votre idée, c'était qu'il fallait d'abord ne laisser personne sur le côté et mettre tout le monde au travail.

— Oui, il fallait mettre plus de gens au travail. Quand il y a de plus en plus de gens qui ne travaillent pas à cause de l'allongement des études, de la retraite ou du chômage, et qu'ils sont à la charge d'un nombre de plus en plus réduit de gens qui travaillent, ça ne peut pas durer. Si vous abaissez l'âge de la retraite à soixante ans, et si vous faites les 35 heures, c'est encore pire. C'est ce que Sarkozy a dit aux sénateurs et aux députés réunis en congrès à Versailles. Donc, soit on demande à tout le monde de se serrer la ceinture, soit on encourage le travail.

— Le travail, il ne s'est pas senti très valorisé durant les dernières années…

— Le travail a payé un lourd tribut à la crise. Sans doute n'a-t-on pas assez insisté sur la qualité du travail : les conditions de travail, la formation, les perspectives de promotion, qui font du travail l'une des formes de l'accomplissement humain. Ce sera capital dans l'avenir. Mais les heures supplémentaires, la diminution des charges qui pesaient sur le coût du travail, la formation, l'augmentation de la fiscalité sur les revenus financiers plutôt que sur les revenus du travail… ça allait dans la bonne direction.

— Cela n'a pas fait augmenter le pouvoir d'achat. Les gens ont eu l'impression que, après leur avoir promis qu'en travaillant plus ils gagneraient plus, on les faisait travailler plus pour gagner moins. Ils n'ont pas été contents du tout.

— C'est vrai, la vie pour beaucoup de Français est plus dure aujourd'hui qu'il y a cinq ans. Mais tout ce qui a été fait a empêché que le pouvoir d'achat ne s'effondre comme dans beaucoup d'autres pays.

Pour que le pouvoir d'achat des salariés augmente durablement, il faut que la productivité augmente et que le chômage recule. Quand on se rapproche du plein emploi, le rapport de forces passe du côté du salarié. Quand on s'enfonce dans le chômage de masse, c'est l'employeur qui prend le dessus.

Quand Philippe Séguin avait parlé de « Munich social », tous les représentants de la pensée unique avaient hurlé. Mais il avait raison.

— La gauche dit qu'en encourageant les heures supplémentaires on a fait augmenter le chômage parce que les patrons ont moins embauché.

— C'est toujours la même chose avec la gauche : elle ne voit pas que sept ouvriers avec des compétences différentes qui font 5 heures supplémentaires par semaine chacun, ce n'est pas du tout équivalent à un ouvrier supplémentaire qui travaillerait 35 heures…

La gauche a un problème avec le travail, elle ne comprend pas que le travail crée le travail et elle croit que tous les travailleurs sont pareils, qu'ils sont interchangeables, qu'avec le travail on peut faire de l'arithmétique. Au fond d'elle-même, il y a encore la vieille inspiration malthusianiste qui la pousse instinctivement vers le partage de la rareté plutôt que vers la création de richesses.

— Mais ne faut-il pas prendre un peu aux riches pour donner aux pauvres ?

— On a fait la Sécurité sociale pour éteindre la lutte des classes. Mais est-ce qu'il y a moins de pauvres quand il y a moins de riches ?

— On ne peut pas nier qu'au cours des dernières décennies les inégalités ont explosé.

— Les écarts sont devenus insensés avec la financiarisation de l'économie. Mais ce ne sont pas les personnes qu'il faut incriminer, c'est le système fou qui produit des écarts pareils et met autant de gens en difficulté.

Le problème, ce n'est pas la fortune de l'entrepreneur, du créateur, de celui qui par son intelligence, son courage, son travail s'enrichit en enrichissant les autres. Le problème, c'est l'enrichissement qui n'est pas la contrepartie d'un service rendu à la société. Au fond, c'est l'enrichissement qui se fait sur le dos des autres, c'est l'argent que l'on prend sur le travail des autres et qui ne va qu'à l'argent.

— Il faut trouver de l'argent quelque part. Est-ce que faire payer les riches, ce n'est pas le moyen de ne pas faire souffrir les autres ?

— Le problème, c'est qu'il n'y a pas assez de riches. Alors, quand on dit que l'on va résoudre tous les problèmes en faisant payer les riches, il faut bien comprendre que c'est pour ne pas avouer que l'on va faire payer tout le monde.

C'est le péché de la social-démocratie : elle croit que l'on peut résoudre tous les problèmes par la redistribution. Mais on ne va pas combler les déficits et régler la question des inégalités juste en augmentant les impôts.

— Sur les impôts, c'est quand même l'image du président des riches qui l'a emporté. Ça a fait beaucoup de mal.

— Quand j'ai dit à Villepinte que le fils de la femme de ménage n'aurait pas pu rester auprès du président des riches, j'étais sincère. Le RSA, la défiscalisation des heures supplémentaires, l'exonération des petites successions, est-ce que c'était pour les riches ? Nicolas Sarkozy a été le président des riches, des pauvres et de tous les autres.

— Il avait des amis très riches.

— Et alors, Mitterrand et Chirac n'en avaient pas ? Il ne leur a jamais fait de cadeau. Les riches, les banquiers, les patrons du CAC 40, il les a souvent mal traités quand ils oubliaient qu'ils avaient une responsabilité vis-à-vis de la société, vis-à-vis du pays.

— Et le Fouquet's ?

— Lui, ce soir-là, son problème, c'était sa douleur…

— Mais faire payer les Français, avec la TVA, à la place des entreprises, n'était-ce pas injuste ?

— Le débat sur la fiscalité est faussé quand on ne voit pas qu'en fin de compte seules les personnes paient des impôts et des charges. L'entreprise ne paie rien. Ce n'est pas une personne. Elle répercute tout. Les charges qu'on lui impose, elle les fait payer aux salariés, aux actionnaires ou aux consommateurs. A la fin, ce sont toujours les Français qui paient, mais moins il y aura de charges fixes sur les investissements et sur les salaires mieux l'économie se portera et plus il y aura d'emplois. C'est une idée qui, à gauche, a été défendue par Chevènement, par Valls et par beaucoup d'autres qui n'ont pas toujours osé le dire publiquement parce qu'ils avaient peur d'affronter l'argument de l'impôt injuste. Pourtant, c'était Michel Rocard, quand il était Premier ministre, qui disait que la TVA était l'impôt le plus intelligent du monde.

Vous savez, tous les revenus finissent par être dépensés, alors dans la durée, la TVA est un impôt proportionnel sur tous les revenus qui n'est pas plus injuste que les cotisations sociales.

— Il y a eu aussi le bouclier fiscal qui a fait des ravages.

— Il avait été inventé par la gauche en 1988. Mais la crise, en exigeant des sacrifices de la part de tous, l'a rendu moralement insupportable. Il a été supprimé.

— Et l'exonération des droits de succession ?

— C'était un problème de solidarité entre les générations et de transmission. La République, ce n'est pas l'obligation pour chaque génération de recommencer à zéro, mais la possibilité de transmettre à ses enfants le fruit de son travail. C'est comme le quotient familial : derrière, il y a la famille, sa place dans la société. Quelle justice y a-t-il à faire payer le même impôt à une personne qui vit seule et à un couple qui élève ses trois enfants avec le même revenu ?

— Ne faudra-t-il pas se résoudre quand même à augmenter les impôts ?

— L'augmentation massive des impôts, c'est l'autre versant de la politique sacrificielle. Que l'on réfléchisse aux grandes figures de la social-démocratie et à celles du conservatisme, on trouvera souvent entre eux une communauté secrète de pensée quant à la relation que la souffrance entretient avec le salut. Comme une sorte d'imprégnation religieuse qui dépasserait les frontières politiques.

— Cette imprégnation religieuse, n'est-ce pas l'une des dimensions de l'Europe que l'on néglige toujours, et qui pourtant joue un grand rôle dans les attitudes des uns et des autres. Je pense à l'opposition entre l'Europe du Nord et celle du Sud ?

— Il est certain que les mentalités européennes sont profondément imprégnées de religion et que cela joue un rôle dans les façons de penser. Mais l'Histoire aussi pèse lourdement sur les mentalités.

Comment l'Allemagne pourrait-elle oublier ce qu'elle a vécu dans les années 1920 et 1930 ? Pourtant, la principale explication du comportement de l'Allemagne n'est sans doute ni dans la religion ni dans l'Histoire, mais dans la démographie.

Un pays dont la démographie s'effondre a deux obsessions : il veut des excédents parce qu'il a peur de l'avenir. Il ne veut pas d'inflation parce qu'il a peur pour son épargne.

La France des années 1930 qui préférait la déflation à la dévaluation était dans la même situation.

L'Allemagne serait la première victime d'une déflation européenne qui ferait exploser l'euro. C'est ce que, pendant quatre ans, chaque fois que nous étions au bord du gouffre, nous avons fait valoir aux Allemands. Chaque fois *in extremis* l'Europe a évité la catastrophe. Chaque fois l'Allemagne, au dernier moment, a fait le geste qui a retenu l'Europe au bord du vide, mais pas plus. Elle ne le pouvait pas.

La démographie pesait trop lourd dans la psychologie du peuple allemand et dans son rapport intime à l'avenir. C'est le grand problème pour le futur.

Car si l'Europe ne change pas de trajectoire, un jour viendra où plus rien ne pourra la sauver.

La France a résisté autant qu'elle a pu à la pression en faveur de l'austérité. Mais elle a subi les politiques des autres.

— Il y a quand même eu la révision générale des politiques publiques. La fameuse RGPP...

— A l'origine, elle ne relevait pas du tout de la logique sacrificielle. Il s'agissait de faire le tri dans les politiques publiques pour éliminer ce qui ne marchait pas et faire en sorte que l'Etat fonctionnât mieux.

Profiter de ce qu'il allait y avoir beaucoup de départs à la retraite dans la fonction publique pour ne remplacer qu'un départ sur deux et payer mieux les fonctionnaires, ce n'était quand même pas absurde quand on regardait l'envolée de la courbe des effectifs depuis vingt ans. Il fallait que cela s'arrêtât.

Plus l'Etat s'affaiblissait, plus il se bureaucratisait. Il fallait débureaucratiser l'Etat. Et il fallait aussi choisir : baisser les salaires des fonctionnaires ou diminuer leur nombre. La dérive des effectifs de la fonction publique a eu pour contrepartie la paupérisation des fonctionnaires.

La révision des politiques publiques aurait dû être l'instrument d'une réforme de l'Etat pour qu'il soit moins bureaucrate et davantage entrepreneur, comme il avait pu l'être avec tant de succès au début de la Ve République.

Cela correspondait assez bien à la vision que Nicolas Sarkozy avait de l'Etat et que je partageais. Quand il a sauvé Alstom, ça n'a pas été une affaire de guichets, de procédures, de bureaucratie, mais une affaire de volonté et de responsabilité politique. La machine administrative appliquant ses schémas tout faits n'envisageait pas un seul instant une intervention dans ce dossier Alstom ; pour elle, Alstom n'était pas sauvable.

On m'a raconté que Nicolas Sarkozy aurait répondu au conseiller qui lui livrait cette conclusion : « Réétudiez le dossier comme si votre père était ouvrier chez Alstom… »

— On a fait baisser les moyens de l'Etat mais il n'y a pas eu, vu du simple citoyen, de véritable réforme de l'Etat comme en 1958.

— Pour sortir de l'Etat bureaucratique et refaire un Etat entrepreneur, il fallait réintroduire la dimension discrétionnaire de la politique, c'est-à-dire le choix et la responsabilité du choix. Mais la bureaucratie préfère les guichets et les procédures.

Elle a fait de la révision des politiques publiques une simple machine à faire des économies dont certaines pourraient bien coûter plus cher qu'elles ne rapporteront.

C'est le propre de la bureaucratie : elle a ses cadres, ses repères, ses routines, ses doctrines.

C'est une machine qui, livrée à elle-même, se répète indéfiniment.

— Vous voulez dire que Sarkozy n'est pas arrivé à maîtriser cette machine ?

— Quelles que soient les qualités de l'homme, c'était difficile.

En 1958, il y avait une génération entière d'hommes politiques qui venaient de la France Libre ou de la Résistance et qui savaient très bien pourquoi ils étaient là.

Ils savaient avec quoi ils voulaient rompre et ce qu'ils voulaient bâtir.

— En 2007, ce n'était pas le cas ?

— C'était plus compliqué. Un jour, l'un des conseillers du Président, qui était un homme d'un certain âge et qui avait une grande expérience, m'a dit à la fin d'une réunion : « C'est quand même extraordinaire de voir comment on peut être amené à faire malgré soi une politique dont on ne veut pas… »

J'avais eu exactement le même sentiment qu'il m'avait été arrivé d'éprouver à plusieurs reprises.

La conversation s'acheva sur le constat que la débureaucratisation de l'Etat devait être une priorité.

Depuis notre conversation de la veille, je n'avais cessé de penser à la difficulté de gouverner l'immense machine administrative. En arrivant, comme pour nous dédouaner, je dis :

— Vous connaissez la lettre de Pompidou à Chaban pour se plaindre que l'on continue à abattre les arbres au bord des routes ?

Je me remémorais cette lettre que je montrais à mes visiteurs quand j'étais à l'Elysée où Pompidou se plaignait que l'on continuait à abattre les arbres au bord des routes. Nicolas Sarkozy l'a citée dans l'hommage qu'il lui a rendu l'année dernière :

« Mon cher Premier ministre,

« J'ai eu, par le plus grand des hasards, communication d'une circulaire du ministre de l'Equipement – Direction des routes et de la circulation routière – dont je vous fais parvenir une photocopie. Cette circulaire, présentée comme un projet, a en fait déjà été communiquée à de nombreux fonctionnaires chargés de son application, puisque c'est par l'un d'eux que j'en ai appris l'existence.

« Elle appelle de ma part deux réflexions : la première, c'est qu'alors que le Conseil des ministres est parfois saisi de questions mineures telles que l'augmentation d'une indemnité versée à quelques fonctionnaires, des décisions importantes sont prises par les services centraux d'un ministère en dehors de tout contrôle gouvernemental ; la seconde, c'est que, bien que j'aie plusieurs fois exprimé en Conseil des ministres ma volonté de sauvegarder "partout" les arbres, cette circulaire témoigne de la plus profonde indifférence à l'égard des souhaits du président de la République.

« Il en ressort, en effet, que l'abattage des arbres le long des routes deviendra systématique sous prétexte de sécurité. Il est à noter par contre que l'on n'envisage qu'avec beaucoup de prudence et à titre de simple étude le déplacement des poteaux électriques ou télégraphiques.

« C'est que là, il y a des administrations pour se défendre. Les arbres, eux, n'ont, semble-t-il, d'autres défenseurs que moi-même, et il apparaît que cela ne compte pas. »

— On croit toujours que le pouvoir, c'est simple, qu'il n'a qu'à décider. Mais non, déjà, décider, ce n'est pas simple du tout, et après, pour que la décision soit appliquée, pour qu'elle ne soit pas dénaturée, ce n'est pas simple non plus. Entre le sommet de l'Etat et les gens, il y a tous les corps intermédiaires.

— Alors comment peut-on gouverner, dit l'instituteur, si on ne les met pas de son côté ? Sarkozy les avait contre lui.

— Les corps intermédiaires, on ne peut pas s'en passer. Mais il ne faut pas qu'ils prennent le pouvoir.

Dans l'Histoire, chaque fois que le gouvernement a voulu gouverner, les corps intermédiaires ont essayé de l'en empêcher.

Je ne vois guère que la planification à la française version Jean Monnet et De Gaulle qui ait réussi à les faire travailler avec l'Etat.

Les affrontements de la campagne présidentielle qui ont pris, comme toujours dans ces moments-là, un tour passionnel ont fait apparaître au grand jour un climat de tension et de guérilla larvée, longtemps masqué par la nécessité qui s'imposait à tous les acteurs du jeu institutionnel de ne pas rompre le dialogue.

Cette tension n'était pas due au caractère de Nicolas Sarkozy ni à un quelconque mépris de sa part pour le dialogue social.

Son seul péché, j'y reviens, le plus impardonnable aux yeux de tous les corps, c'était de vouloir être un président qui gouverne.

Aurait-il donc fallu qu'il y renonçât ? C'est sûr, s'il n'avait bousculé personne, s'il avait composé avec tous les corporatismes, s'il avait transigé avec tous les intérêts, il aurait été moins attaqué. Il aurait eu la vie plus facile. Ne voulant rien, il n'aurait pas eu de problèmes pour faire appliquer ses décisions. Il aurait peut-être duré... Mais pour quoi faire ?

Je repensais à tous ces combats dans lesquels Nicolas Sarkozy s'est engagé et où il a eu presque tout le monde contre lui. Au fond, c'était ce qui me rendait le plus fier de ces cinq années passées à ses côtés. Il y a eu l'Union pour la Méditerranée, le Grand Paris, le Fonds stratégique d'investissement, le Grand Emprunt, à chaque fois, ce fut l'éternel combat pour imposer des idées nouvelles.

L'Union pour la Méditerranée, c'était la volonté de sortir du cadre européen, avec l'Europe qui dictait sa loi au Sud. Mais les diplomates ne voulaient pas. Ils voulaient rester dans le cadre européen avec ses procédures, ses règles, ses financements, ils y étaient comme des poissons dans l'eau.

Ils étaient entre eux. C'était un peu comme si l'on avait voulu les exproprier et ils vivaient très mal cette expropriation.

Quand j'ai décrit la Méditerranée comme un projet de civilisation, ils ont répondu qu'il n'y avait qu'un seul projet de civilisation, l'Europe. Pour eux, il ne pouvait y en avoir qu'un seul. Pour moi, il devait y en avoir deux. Parce que la civilisation nous vient de la Méditerranée. Parce que si la philosophie allemande me parle, c'est à cause de la philosophie grecque. Parce que ce qu'ils étaient en train de faire de l'Europe n'avait pas grand-chose à voir avec la civilisation.

Nous étions condamnés à ne pas nous comprendre.

Le Grand Paris eut contre lui tous ceux qui se trouvaient très bien comme ils étaient et qui ne voyaient pas pourquoi ils devaient changer quoi que ce fût à leur façon de faire et de voir.

Quand nous avons dit : le projet d'abord, les questions de pouvoir ensuite. Ils ont réclamé l'inverse : la répartition des pouvoirs d'abord, le projet ensuite.

C'était se condamner à passer plus de temps sur les moyens plutôt que sur les fins.

Dix équipes d'architectes avaient fait un travail remarquable que le monde entier regardait avec admiration parce que c'était la première fois que l'on menait une réflexion d'une telle ampleur sur le devenir d'une métropole.

Des politiciens et des technocrates disaient : C'est de la poésie. Ce qui pour eux voulait dire : Ce n'est pas sérieux – et, pour moi, qu'il n'y avait rien de plus sérieux.

Nous ne pouvions pas nous entendre.

Le plus difficile, ce fut le Grand Emprunt. La transgression était d'une autre nature. Elle prenait le contre-pied des politiques sacrificielles et de tout ce qui avait conduit depuis trente ans la politique à capituler dès qu'il s'agissait de l'économie.

Derrière le « Munich social », il y avait le « Munich économique » accepté, assumé secrètement par tout le monde.

Depuis trente ou quarante ans, l'approche comptable de la dépense publique avait fait des ravages. La comptabilité de l'Etat est une comptabilité de caisse, qui ne fait pas la différence entre l'investissement et la consommation. Mais toutes les dépenses ne se valent pas et tous les déficits non plus.

Ce n'est pas la même chose d'emprunter pour boucler ses fins de mois ou pour acheter un appartement, pour régler les salaires de ses ouvriers ou pour construire une usine.

L'idée du Grand Emprunt, c'était de faire la part des choses. D'un côté, les dépenses courantes qui doivent être financées par les impôts ; de l'autre, les investissements qui peuvent être financés par la dette.

Le Grand Emprunt, c'était l'obligation de s'interroger enfin sur la nature de la dépense, et pas seulement sur son montant. C'était la volonté de réduire la dépense improductive au profit de la dépense productive. C'était l'occasion de rattraper le grand retard d'investissement accumulé par la France durant les dernières décennies. C'était la possibilité d'entraîner de nouveau l'investissement privé avec l'investissement public. C'était l'avenir contre le passé.

En 2009, nous avions choisi la relance par l'investissement au lieu de la relance par la consommation que réclamait la gauche. C'était la meilleure façon de préparer l'avenir au lieu de le compromettre. Avec le Grand Emprunt, il s'agissait une fois encore d'arracher la France au malthusianisme dans lequel elle était retombée.

Changer notre rapport à l'avenir, voilà quel était l'objectif.

J'ai dit au vieux monsieur :

— Vous savez, c'est le Grand Emprunt qui les a le plus énervés quand le Président a déclaré, au congrès de Versailles, qu'il ne fallait pas se contenter de faire des économies dans la gestion de l'Etat, mais qu'il fallait aussi investir ; il y a eu une levée de boucliers. Ça a été violent. Les plus acharnés ont dit que nous étions irresponsables et que c'était une folie parce que nous étions déjà trop endettés. Je leur ai répondu que l'investissement d'aujourd'hui, c'étaient les revenus de demain et que nous ne rembourserions les dettes d'hier qu'avec les revenus de demain.

Si nous n'investissons pas, comment rembourserons-nous ? ai-je demandé.

— Sarkozy a tenu bon ?

— Il a tenu bon. Et ça a marché. Les industriels, les chercheurs sont venus avec des projets formidables. Ce fut la preuve qu'il y avait dans notre pays d'immenses réserves d'intelligence, d'imagination, de créativité, une envie de faire avancer la France chez tous ceux qui venaient ainsi vers nous, vers l'Etat. Cela m'a réconforté. Dommage que l'on ait pris autant de précautions, de garanties, que l'on ait rendu les choses aussi compliquées. Avec le risque de décourager toutes les bonnes volontés qui s'étaient engagées dans ce projet avec tant d'enthousiasme.

Comment ne pas être inquiet pour l'avenir alors que le capital, promis aux universités enfin autonomes, s'est subrepticement transformé en capital « non consommable », c'est-à-dire en capital virtuel qui sert seulement à calculer les intérêts que l'on sert aux universités ? La bureaucratie craignait que ce capital ne soit gaspillé. Mais alors pourquoi avoir donné l'autonomie aux universités ? L'autonomie, c'est aussi le droit de se tromper. Quand on est autonome, on doit pouvoir prendre ses responsabilités… L'autonomie, c'est parier que la responsabilité produira beaucoup plus de succès que d'échecs. Cela, la bureaucratie ne pouvait pas, ne voulait pas l'entendre.

Les socialistes ont dit qu'ils allaient conserver le Grand Emprunt. En 2009, ils avaient voté contre. Tant mieux s'ils le gardent, nous verrons bien…

Le vieil homme eut un air pensif. Il m'a dit :

— Je me demande si finalement le vrai problème n'a pas été cette culture du résultat que l'on a voulu introduire partout. Ça peut paraître paradoxal, mais il me semble que ça empêche de comprendre ce qui se joue. Et si l'on ne comprend plus ce qui se joue, on ne peut plus être partie prenante. On regarde la politique comme quelque chose de totalement extérieur à soi-même. Ce n'est plus du tout une histoire que l'on écrit ensemble. Et puis les gens ne croient pas aux chiffres : quand ils ne reflètent pas ce qu'ils éprouvent dans leur vie quotidienne, ils pensent qu'on leur ment.

— Je me suis posé la même question que vous et je ne peux pas m'empêcher de partager votre sentiment : il y a quelque chose dans la culture du résultat qui éloigne de la politique.

Gouverner, c'est agir. Mais c'est agir sans savoir quand cela portera ses fruits.

Un jour, vous étiez venu chez les grands du cours moyen, remplaçant notre instituteur qui était absent. Vous nous aviez lu les dernières pages de *Germinal*. Je crois que c'est depuis ce jour-là que j'aime Zola. Je me souviens encore des derniers mots. La grève avait échoué mais « des hommes poussaient, une armée noire, vengeresse, qui germait lentement dans les sillons, grandissant pour les récoltes du siècle futur, et dont la germination allait faire bientôt éclater la terre ».

Au fond, c'est cela, la politique, on sème et l'on ne sait pas quand on récoltera. Oh, bien sûr, il y a des changements que l'on voit tout de suite.

Mais ce ne sont pas forcément les plus importants. Il y en a d'autres qui cheminent plus lentement, plus souterrainement dans la société, dans les consciences. Souvent, les décisions les plus importantes font changer imperceptiblement les comportements, puis, petit à petit, on ne le voit pas, mais cela fait boule de neige, et un jour on se rend compte que tout a changé.

Ce que l'on appelle la culture du résultat reste toujours à la surface des choses. Elle ne voit jamais ce qui se passe en dessous.

Si la politique aujourd'hui a tant de mal à avoir prise sur les événements, c'est parce que, happée par la frénésie des marchés financiers et de l'information en continu, elle en oublie qu'elle ne peut rien faire de grand que dans la durée et dans la profondeur.

L'homme politique qui s'imagine qu'un seul chiffre pourra l'exonérer de l'angoisse d'avoir à décider sans connaître le résultat à l'avance se fait des illusions. Et l'on ne bâtit pas une politique sur des illusions.

— La question que je me pose en face d'un homme politique, c'est : pourquoi se bat-il ?

— Une politique, c'est un combat. On ne vote pas pour un homme politique parce que l'on est sûr qu'il va réussir, mais parce que l'on est sûr qu'il va se battre pour une cause que l'on partage.

L'ouvrier qui votait pour Jaurès n'était pas sûr qu'il arriverait à changer la société, mais il était sûr qu'il se battrait de toutes ses forces pour la changer.

Les Noirs américains qui suivaient Martin Luther King n'étaient pas sûrs que le rêve de celui-ci allait changer le monde. Mais ils étaient sûrs qu'il faisait le même rêve.

Il peut y avoir mille raisons pour justifier que les résultats d'une politique ne soient pas au rendez-vous.

Il ne peut y en avoir aucune pour justifier le reniement.

— Vous avez raison : la politique est une promesse de faire, pas une promesse de réussir. C'est peut-être pour cela que tant de politiciens passent pour des menteurs.

— Au début, on est toujours tout seul. Quand on a une idée qui peut changer le monde, une toute petite idée qui peut changer un tout petit peu le monde, qui peut faire que le monde puisse être un tout petit peu plus beau, un tout petit peu meilleur, on est tout seul. La politique, cela consiste à faire partager cette toute petite idée, cette volonté de se battre pour changer quelque chose dans le monde.

La culture du résultat, il ne faut pas la pousser trop loin. Le souci de connaître les conséquences de ce que l'on a décidé est parfaitement légitime. Le problème, c'est la place que prend le résultat par rapport à tout le reste alors que l'on ne sait même pas à quel moment il faut mesurer ce résultat. Le problème, c'est quand, au lieu de faire de son mieux pour tenir la promesse que l'on s'est faite à soi-même et que l'on a faite aux autres de changer un tout petit peu le monde, on se met à ne plus faire que la politique du chiffre.

— On a voulu remplacer le sens de l'Etat par la culture du chiffre. Ça ne pouvait pas marcher. On ne peut pas résoudre un problème de morale sur des chiffres.

— C'est vrai. Mais restaurer le sens de l'Etat, ce n'est pas simple.

— On pourrait peut-être commencer par le haut.

— C'est ce que je me suis dit dans certaines réunions où ceux qui étaient censés défendre l'Etat étaient ceux qui l'attaquaient le plus.

Le fond du problème, c'est quand même que les gens ne peuvent pas avoir le sentiment que l'on écrit une histoire avec eux et pour eux si l'on ne voit pas la réalité humaine derrière les chiffres, si l'on ne considère pas les hommes et les femmes qui sont derrière les institutions, les organisations, les entreprises, les comptes ?

— Les gens pensent qu'on leur ment toujours avec les chiffres.

— Depuis le rapport Stiglitz sur la mesure des performances économiques, on sait qu'ils n'ont pas forcément tort.

Réunir quelques-uns des meilleurs économistes du monde pour réfléchir sur ce sujet, cela n'a l'air de rien, mais ce fut peut-être l'une des initiatives les plus importantes que Nicolas Sarkozy ait prises durant son quinquennat. Car ce n'était rien de moins que la remise en cause de la représentation que nous nous faisions du monde et dont la crise nous a montré à quel point elle avait été trompeuse.

La mondialisation n'a pas été aussi heureuse qu'on l'avait dit. On détruisait la planète, on épuisait les ressources, on creusait les inégalités, on accumulait dans le système financier des risques énormes, on empilait des dettes… Mais le PIB continuait d'augmenter. On se préoccupait des chômeurs mais on ignorait les travailleurs pauvres. On se souciait de la dette publique sans se soucier de la dette privée. On se trompait sur presque tout. On croyait que le monde allait toujours mieux, même quand il allait plus mal.

Le progrès technique a bien continué d'améliorer nos conditions d'existence. Mais nos sociétés se sentent de moins en moins heureuses. Elles ont de bonnes raisons pour cela, que l'on ne voit pas toujours.

— La « mondialisation heureuse », c'était l'idée fausse de ceux qui sortaient leur épingle du jeu et qui ne voulaient surtout pas tuer la poule aux œufs d'or.

Tout en parlant, je pensais à ces longues discussions que nous avions eues avec le Président sur cette crise qui touchait le monde.

Ce qui nous frappait, c'était que tous les pays, quelles qu'aient pu être les politiques qu'ils avaient menées depuis des décennies, se retrouvaient alors face aux mêmes difficultés. Même si certains étaient plus durement touchés que d'autres, il y avait forcément des causes à ce malheur commun.

Parler de déclassement de pays développés, et de l'Europe en particulier, face aux grands pays émergents, sans parler des dumpings, des concurrences déloyales, des ratés de la mondialisation et des dérives de la finance, ça ne tient pas debout et je ne vois pas très bien où cela mène sinon à conclure qu'il faut mettre l'ouvrier français au régime de l'ouvrier chinois.

A Toulon, en septembre 2011, Nicolas Sarkozy n'a pas emprunté cette voie. Il a expliqué que, en choisissant à partir de la fin des années 1970 une mondialisation sans règles, les pays les plus développés avaient renié toutes les leçons qu'ils avaient tirées des grandes crises de l'entre-deux-guerres. Ils avaient déréglé le monde en le livrant à tous les dumpings, à toutes les concurrences déloyales. Dans cette économie mondiale sans règles autres que celles du libre-échange absolu, chacun avait cherché à se développer au détriment des autres au lieu de se développer en contribuant au développement des autres.

Cette mondialisation conflictuelle a fini par conduire le monde au bord du chaos.

La finance globalisée a été la contrepartie de ce choix fatidique. Il fallait bien que le capital circulât pour aller chercher des profits dans les pays à bas coûts et pour que les excédents des uns puissent financer les déficits des autres. Mais il fallait aussi compenser les ravages que les dumpings provoquaient dans les économies et les sociétés des pays développés. Ce fut le point de départ de la fuite en avant généralisée dans l'endettement dont presque tous les pays, du Japon à l'Europe en passant par les Etats-Unis, supportent aujourd'hui l'invraisemblable fardeau.

L'hypertrophie du système financier à son tour a produit les conséquences délétères que tout le monde connaissait sur la vie des gens et sur celle des entreprises, en mettant la société entre les mains des spéculateurs et des rentiers.

La crise financière a bloqué cette grande machine à produire de la dette dans des proportions déraisonnables. Ayant fait ressurgir tous les risques cachés, elle a miné la confiance aveugle sur laquelle reposait tout le système.

Après un long cycle d'endettement, le monde est entré dans un cycle de désendettement. Comment, dès lors, rendre supportables les dégâts de la mondialisation sans règles, alors même que le désendettement tirait naturellement l'économie vers la dépression ? Il ne suffira pas dans l'avenir de faire souffrir les gens pour régler les problèmes. Il faut chercher au contraire par tous les moyens à les faire souffrir le moins possible, parce qu'on ne construira pas l'avenir sur la souffrance.

Si nous n'arrivons pas à bâtir un nouvel ordre économique mondial, ce sera le chaos, parce que la souffrance des peuples victimes des dumpings et de la spéculation sera trop forte.

— Il y a quand même des gens qui disent que la mondialisation, la finance, l'Europe ne sont pour rien dans nos malheurs et que nous ne devons nous en prendre qu'à nous-mêmes.

— Quand j'entends ça, je me dis que nous sommes mal partis. Car les 35 heures et la retraite à soixante ans dans le monde tel qu'il est et avec notre démographie, c'est irresponsable. Les charges sociales qui pèsent en totalité sur le travail, c'est irresponsable. Mais l'euro trop fort, la politique déflationniste de la BCE, l'ouverture des frontières sans contrepartie, sans protection contre les dumpings, le refus d'encadrer la finance, c'est irresponsable aussi. Et ne pas investir massivement à l'orée d'un nouveau cycle de croissance, c'est suicidaire.

J'ai rêvé d'une Europe de la volonté et de la responsabilité politiques, d'une Europe unie pour défendre ses intérêts dans le monde et qui se protégerait contre les dumpings, d'une Europe qui ne serait plus en pilotage automatique, d'une Europe qui se doterait d'une centrale d'achat du gaz pour peser face aux producteurs au lieu de découper ses grands opérateurs en petits morceaux, d'une Europe qui favoriserait la création de grands champions européens au lieu de vendre ses entreprises à l'encan au nom de la concurrence. J'ai rêvé d'une Europe où la Banque centrale se comporterait comme la Banque fédérale de réserve américaine pour soutenir la croissance. J'ai rêvé d'une Europe où la Banque centrale financerait la transition énergétique pour que l'Europe soit le premier continent à construire l'économie de l'après pétrole… Cette Europe, c'est celle que pendant cinq ans nous avons tenté de faire émerger.

— N'aurait-il pas fallu provoquer des crises pour faire davantage bouger l'Europe comme l'avait fait De Gaulle en 1965 avec la chaise vide ?

— Je me suis souvent posé la question durant ces cinq ans. Je crois qu'il était dangereux au milieu de toutes les crises d'ajouter la crise à la crise. Je me souviens d'une réunion à propos de la loi sur la nouvelle organisation des marchés de l'électricité, appelée loi NOME. C'est le genre de texte qui illustre ce que Bruxelles peut engendrer de pire au nom d'une conception totalement absurde de la concurrence. En résumé, la Commission européenne demandait à EDF d'augmenter ses prix ou de subventionner ses concurrents qui produisaient plus cher pour qu'ils puissent lui faire concurrence. Qui peut comprendre une concurrence qui fait monter les prix au lieu de les faire baisser ? Qui peut comprendre qu'une entreprise soit obligée de subventionner ses concurrents ? Quand le Président s'indigna devant cette aberration, les ministres lui répondirent en chœur que, faute d'accord avec la Commission, celle-ci leur avait indiqué qu'elle infligerait au gouvernement français une amende de 20 milliards d'euros pour avoir pendant des années faussé la concurrence. Méthode de voyou.

Cependant, quand vous êtes en pleine crise financière, que les spéculateurs sont à l'affût, comment prendre le risque d'annoncer un tel contentieux même si vous êtes persuadé que votre cause est juste ? Mais je crois aussi qu'il est difficile pour un homme politique, qui est le produit du système démocratique, d'être à l'origine d'une vraie crise. De Gaulle était un démocrate, mais il venait d'ailleurs, de l'armée, de la guerre. Il avait un rapport différent à ce genre de chose qui lui a permis de faire la chaise vide à Bruxelles et de quitter le commandement intégré de l'OTAN. Un homme d'Etat fabriqué par le système démocratique peut affronter une crise dont il n'est pas à l'origine. Face à celle-ci, il peut faire preuve d'audace, de courage, d'intelligence. Mais peut-il délibérément la provoquer ? C'est une question à laquelle je n'ai pas de réponse, mais le sentiment que l'on touche peut-être là à une limite cachée de la démocratie.

— Vous en êtes où avec le fédéralisme ?

— C'est une fuite en avant qui ne mène nulle part parce qu'on ne fera pas disparaître les vieilles nations européennes avec un simple traité.

— Mais, avec la monnaie unique, le fédéralisme n'est-il pas devenu une fatalité ?

— Nous avons converti les Allemands au gouvernement économique de l'euro. C'était nécessaire. Mais c'est de l'intergouvernemental : on décide ensemble. De toute façon, le principal problème de l'Europe aujourd'hui, ce n'est pas de savoir comment elle va décider, mais ce qu'elle va décider. Elle joue son destin, non sur les procédures et les institutions, mais sur le contenu de sa politique. C'est cela seul qui compte.

Il se faisait tard. Je pris congé de mon hôte après que nous fûmes convenus de nous revoir une dernière fois le lendemain, dans la matinée.

Je rentrai dans la nuit en prenant le même chemin que la veille, la tête toujours pleine de pensées. En marchant, je ne pouvais m'empêcher de ressasser toutes les occasions manquées de ces années où le désordre du monde nous avait assaillis de toutes parts :

Le capital des universités qui, par la magie de la technocratie, était devenu non consommable. Les programmes scolaires, pour lesquels nous n'avions pas tenu les promesses de la lettre aux éducateurs parce que l'on avait hésité à se battre sur tous les fronts, au moment où la réforme de l'université se heurtait à tant de résistances.

Le Grand Emprunt, dont tout le monde se plaignait qu'il n'ait pas été plus grand et plus vite mobilisé, parce que cela aurait pu tout changer dans notre rapport à l'avenir.

Le Grand Paris, qui était allé trop lentement parce que nous n'avions pas assez bousculé les féodalités.

Le Plan Marshall pour les banlieues qui n'était pas allé assez loin parce que nous n'avions pas réussi à mobiliser toutes les forces de l'Etat.

Les internats d'excellence auxquels Nicolas Sarkozy tenait tant et qui n'étaient pas assez nombreux parce que l'Education nationale n'en voulait pas.

Les écoles de la deuxième chance, pas assez nombreuses non plus et que le Budget ne voulait pas financer.

Le *busing*, pour que les enfants des quartiers difficiles aillent à l'école dans d'autres quartiers, et qui a coalisé tant de forces contre lui…

Les accords de compétitivité pour remettre la négociation sociale dans l'entreprise qui sont venus trop tard.

Et, mon plus grand regret peut-être : que nous n'ayons pas profité de la crise au moment où la relance de l'économie était indispensable pour basculer massivement les cotisations sociales sur la TVA. Cela aurait eu l'effet d'une forte dévaluation sans que les prix augmentent beaucoup dans le contexte de l'époque où la récession mondiale faisait baisser les prix.

La situation de notre économie en aurait été profondément changée.

Avais-je donc tant de regrets ? Oui, et bien d'autres encore. Qui n'en aurait pas eu ?

Quand on a tant fait et que les circonstances ont été aussi extraordinaires, qui ne regretterait de ne pas en avoir fait davantage ?

Comment ne pas regretter que nous n'ayons pas pris, à l'automne 2009, la tête d'un front commun des Etats contre les agences de notation qui voulaient reprendre le pouvoir ?

On aurait peut-être pu éviter ce tournant trop brutal de la rigueur qui, dans tous les pays, a relancé la crise.

Oui, comment ne pas regretter de ne pas avoir fait plus, alors que, pour tant d'hommes dans le monde, et pour tant de Français, l'avenir paraissait si sombre ?

Mais comment ne pas reconnaître aussi que tant de choses ont été accomplies, que personne depuis bien longtemps n'avait eu le courage d'accomplir ?

Comment ne pas se dire que beaucoup de graines avaient été semées qui préparent les récoltes futures ?...

Le ciel était plein d'étoiles. J'ai levé la tête et j'ai pensé au dieu de Victor Hugo qui dit :

Je n'aurais qu'à souffler, et tout serait de l'ombre[8].

Nous nous étions donné rendez-vous dans le grand jardin qui jouxte le théâtre antique, près du bassin de Niobé, dans lequel, enfant, j'étais tombé si souvent, comme tous les enfants qui jouaient sur ses rochers.

J'ai trouvé le vieil instituteur assis sur un banc. Il m'a accueilli en me parlant de tous ces enfants qui s'étaient succédé dans sa classe et qu'il avait vus grandir.

Il se demandait ce qu'au fond il avait bien pu leur transmettre et qu'ils avaient transmis à leur tour à leurs enfants.

La transmission, c'était ce à quoi il avait consacré toute sa vie. Bien sûr, il avait enseigné des choses simples : la lecture, le calcul... Mais, en leur apprenant à lire et à compter, il voulait leur donner le goût du vrai, du bien, du juste.

C'était un maître d'école d'avant l'utilitarisme, du temps où, avant d'apprendre quelque chose à un enfant, on ne croyait pas nécessaire de lui expliquer à quoi cela pouvait lui servir. A quoi cela sert-il d'apprendre par cœur des poèmes ? Allez donc expliquer à un enfant qu'à quarante ou cinquante ans il trouvera un immense bonheur à pouvoir réciter de mémoire des vers appris à l'école ! Vous vous souvenez de ce que disait Malraux : « Aimer la poésie, c'est qu'un garçon, fût-il quasi illettré, mais qui aime une femme, entende un jour : "Lorsque nous dormirons tous deux dans l'attitude que donne aux morts pensifs la forme du tombeau" et qu'alors il sache ce que c'est qu'un poète. » Apprendre à un enfant, c'est lui faire un don. C'est peut-être plus encore lui apprendre à recevoir sans toujours demander pourquoi. Modestement, il avait essayé de transmettre une forme de civilité, quelque chose qui allait permettre, du moins le pensait-il, à chaque enfant d'être partie prenante d'une civilisation.

— Le jour, lui dis-je, où mon fils m'a dit : « Le théorème de Pythagore, ça ne sert à rien », j'ai compris que l'école avait renoncé à faire participer nos enfants à une civilisation qui plaçait le savoir et la pensée au-dessus de tout le reste.

— Vous savez, m'a-t-il répondu, avant, quand je rencontrais l'un de mes anciens élèves, je retrouvais toujours en lui un peu de ce que je lui avais donné. Maintenant, quand je rencontre leurs enfants, je ne retrouve rien.

— Avant, on faisait étudier *Le Cid* à tous les enfants de quatrième. C'était un trésor que l'on faisait partager à tous les enfants et qui serait à eux pour toute la vie. Quand on a ce genre de trésor en commun, on se comprend mieux.

— A quoi bon apprendre à lire à un enfant si on ne lui fait pas lire les grands textes ? dit-il en soupirant. A quoi bon lui apprendre l'histoire si l'on passe son temps à dénigrer tout ce qu'il a pu y avoir de grand dans cette histoire ? A quoi bon lui apprendre à compter si on ne lui montre jamais le rapport qu'il y a entre les nombres et la beauté du monde ?

— Un jour, quelqu'un m'a demandé pourquoi nous voulions supprimer l'enseignement de la géométrie en seconde. Je lui répondis que nous ne voulions rien de tel, que je n'avais jamais entendu parler d'un tel projet. J'ai interrogé le directeur de cabinet du ministre de l'Education nationale qui n'en savait rien non plus.

Le lendemain, celui-ci m'a rappelé pour me dire que, vérifications faites, la géométrie avait bel et bien disparu du nouveau programme établi par l'Inspection générale. Personne ne s'en était aperçu. La géométrie, ce n'était pourtant pas anodin. Toute la pensée française est imprégnée par la géométrie.

Orsenna dit que Versailles, avec ses jardins, est le plus grand livre du monde et que ce grand livre est un livre de géométrie. Et comme Le

Nôtre fit les jardins du Roi-Soleil, Napoléon a construit notre administration avec le même esprit de géométrie.

Ce qui était en jeu, c'était donc bien plus que le programme de mathématiques. On a rétabli la géométrie, mais on voit comment, morceau par morceau, sans que l'on y prenne garde, une civilisation se désagrège.

— En tout cas, on n'a pas rendu l'histoire optionnelle en terminale S par inadvertance.

— C'était une faute utilitariste, une fois de plus. Mais, vous me croirez ou non, le Président n'y était pour rien. Cette décision paraissait tellement insignifiante à ceux qui l'avaient prise qu'ils n'ont pas jugé utile de la soumettre à un arbitrage. Pour moi, le plus inquiétant, c'était que personne n'ait eu conscience de l'importance de cette décision.

— Il y a aussi Internet qui donne aux enfants le sentiment qu'ils n'ont plus besoin d'apprendre.

— Plus il y a d'Internet, plus il faut de culture, et non pas moins. C'est le seul remède pour apprendre que tout ne se vaut pas. Mais dans la crise de la transmission, les enseignants aussi ont leur part de responsabilité.

Ce qui s'est passé avec la lettre de Guy Môquet était révélateur.

— Je dois dire que je n'ai pas compris l'attitude de certains professeurs.

— Qu'un certain nombre d'entre eux aient refusé de lire la lettre magnifique qu'un jeune de dix-sept ans écrit à sa mère la veille d'être fusillé était déjà pour moi incompréhensible. Mais j'ai trouvé en outre que les raisons qu'ils ont données de leur refus étaient profondément choquantes. Comment admettre qu'un professeur de l'Education nationale, qui est rémunéré par la nation, auquel la nation a payé les études, puisse déclarer qu'il n'est pas là pour parler de la nation ?

— Mais est-ce qu'il n'y a pas à gauche aujourd'hui, dans le gouvernement, des ministres qui pensent au fond la même chose, qui défendent la République et la nation ?

— Il y en a, mais ils vont se heurter aux forces sociales et politiques qui ont porté la candidature socialiste à la présidentielle. Ces forces, on les a vues le soir du 6 mai, à la Bastille. Elles n'aiment ni la République, ni la nation.

— Pour les instituteurs d'une génération comme la mienne, qui n'étaient pas du tout nationalistes, le lien entre la nation et la transmission était une évidence. C'est peut-être pour cela que l'on a tant de difficultés à transmettre aujourd'hui : parce que l'on a trop dénigré la nation.

— On a surtout rêvé qu'avec la mondialisation les nations allaient disparaître, et avec elles toutes les guerres, toutes les violences. Toujours ce rêve fou de la fin de l'Histoire. Il y a des gens qui vivent encore dans ce rêve, et qui ne peuvent pas en sortir.

Le problème que nous avons n'est pas de rêver un monde où des frontières et le commerce rendraient la guerre et la violence impossibles, mais d'imaginer comment nous pouvons nous battre pour restaurer une idée de l'homme.

— C'est ce que Sarkozy appelait une politique de civilisation ?

— C'est exactement ça. La politique de civilisation, c'est la politique qui cherche les moyens de rendre à l'homme la maîtrise de son destin, une certaine estime de lui-même, la joie de vivre qui vient du sentiment que la vie peut être un accomplissement, et pas seulement l'expérience de la souffrance.

Une politique de civilisation, c'est une politique qui ne prétend pas qu'elle pourra donner le bonheur à chacun, mais qui veut construire une société heureuse, c'est-à-dire une société où l'on vit bien ensemble.

Personne ne peut vivre libre en étant seul au monde. La liberté ne se défend jamais seul, et si l'on enlève la nation, il y a les féodalités et les tribus…

Que nous le voulions ou non, la grande question en ce début de XXIe siècle est bien celle de la civilisation. Quand nous sommes arrivés, en 2007, ça ne s'était pas arrangé depuis Mai 68. Il faut dire que depuis, à part Pompidou, on ne s'était pas beaucoup intéressé au sujet. Ne trouvant pas de réponse simple à un problème aussi difficile, on avait résolu de ne plus se la poser. Petit à petit, la politique avait cessé de chercher un cadre de vie acceptable par tous.

Nicolas Sarkozy a été le premier à remettre le mot civilisation dans la politique et on le lui a assez reproché. On a dit qu'il cherchait à détourner l'attention, qu'il voulait masquer son impuissance à résoudre les difficultés quotidiennes des Français. C'était évidemment une illusion de penser que l'on pouvait résoudre tous les problèmes de la vie quotidienne en les prenant un par un, séparément. La grande difficulté, c'était que « civilisation » faisait partie de ces mots qu'il est bien difficile, voire impossible, de définir avec précision.

Nous vivons sous la tyrannie du dictionnaire. On a oublié qu'il y a beaucoup de mots que l'on n'arrive toujours pas à définir même après avoir écrit vingt volumes sur eux. Ce sont des mots pourtant que l'on emploie, des mots dont on a absolument besoin et dont tout le monde au fond comprend bien le sens sans avoir besoin du dictionnaire. Essayez donc de définir l'amour ! Il y a des mots autour desquels vous pouvez tourner indéfiniment mais que vous n'enfermerez jamais dans une définition…

Faudrait-il donc à cause de cela ne plus aimer ?

Le mot civilisation nous renvoie à notre façon de vivre, de penser, de ressentir, d'agir, d'être au monde, comme diraient les philosophes. Cela ne suffit-il pas pour pressentir ce que pourrait être une politique de civilisation ?

Ne suffit-il pas de voir ce qui s'écroule devant nous, de percevoir ce qui commence à nous manquer au point de nous rendre la vie insupportable, pour éprouver la nécessité d'une telle politique ?

La civilisation, c'est un tout. Ce n'est pas quelque chose dont une partie peut avancer et l'autre reculer. La civilisation, ce n'est pas la moitié de la vie qui s'améliore et l'autre qui se détériore. Le chômage qui baisse et les conditions de travail qui se détériorent.

Quand l'économie croît mais que le bien-être régresse, il y a quelque chose avec la civilisation qui ne va pas. Quand le revenu par tête augmente mais que les gens sont de plus en plus malheureux, il y a quelque chose qui ne va pas. Quand le niveau de vie s'améliore mais que la planète s'épuise, il y a quelque chose qui ne va pas.

Si l'individu a de plus en plus de droits mais que les rapports humains ne cessent de se détériorer, s'il y a de plus en plus de violence dans les rapports sociaux, il y a quelque chose qui ne va pas.

Si tout ce qui n'a pas de prix, tout ce qui n'est pas marchand n'a aucune valeur, alors il y a quelque chose qui ne va pas.

La politique de civilisation, c'est la volonté de remédier à ce quelque chose qui ne va pas. C'est la politique qui veut tout faire marcher ensemble, qui veut que tout soit porté par un même mouvement, qui veut que tout soit emporté par un même élan, et qui ne cherche ce mouvement, cet élan, qu'au plus profond de la société. Ce n'est pas une politique qui reste à la surface en se contentant d'imiter les autres. C'est la politique qui veut pousser un pays à aller chercher au plus profond de sa culture, de son intelligence, de son histoire, de son caractère, les ressorts de cet élan qui va le projeter tout entier dans l'avenir.

Les Antonins, à Rome, faisaient une politique de civilisation. Charlemagne faisait une politique de civilisation, comme Louis XIV, Napoléon, Jules Ferry, comme le général De Gaulle et Pompidou, comme Roosevelt.

Les succès de la révolution industrielle et des Trente Glorieuses sont dus à des politiques de civilisation. Nos échecs depuis trente ans et les crises que nous traversons sont dus d'abord au fait qu'il n'y en a plus.

La civilisation, ce sont les innombrables fils qui relient secrètement le spirituel et le temporel, le matériel et l'immatériel, le marchand et le non-marchand, ce qui est exposé à la concurrence et ce qui ne l'est pas, le local au national, les gens les uns aux autres, l'individu à ce qui l'entoure…

La politique de civilisation, c'est une politique qui tire tous les fils qui courent entre les choses et les gens pour utiliser au mieux toutes les ressources.

Une politique qui fait que chacun en se développant contribue au développement des autres au lieu de se développer à leur détriment, qui cherche comment le travail des uns peut créer le travail des autres, comment la productivité des uns peut accroître la productivité des autres, comment les gains de compétitivité des uns peuvent devenir des gains de compétitivité pour les autres, comment l'intelligence des uns peut servir à féconder l'intelligence des autres…

Ce fut le secret du succès des Trente Glorieuses.

Dans l'ordre intellectuel : l'union de toutes les intelligences. Dans l'ordre culturel : un patrimoine commun. Dans l'ordre politique : la République. Dans l'ordre social : la solidarité. Dans l'ordre économique : une vision partagée de l'avenir.

Autrement dit : l'école, l'université et la recherche, les maisons de la culture, l'Etat, la Sécurité sociale, le plan et l'aménagement du territoire.

Qu'il faille s'attaquer à tous les sujets en même temps pour que tous les changements se répondent les uns aux autres, pour qu'il y ait une masse critique de changements qui entraînent toute la société, qui lui impriment une autre trajectoire, Sarkozy en a eu l'intuition. En même temps, nous avons sous-estimé la grande difficulté de coordonner tous ces chantiers, de garder une visibilité suffisante pour que les gens ne soient pas perdus. Personne, surtout, n'avait prévu la crise. C'était une bonne raison d'accélérer le rythme pour essayer de nous en sortir plus forts. Mais la crise fragilisait la société et obligeait donc en même temps à prendre davantage de précautions.

Ce que Nicolas Sarkozy a été le premier à comprendre, et peut-être le seul parmi les autres chefs d'Etat et de gouvernement, c'est qu'avec la crise le monde entrait dans un nouveau cycle économique et politique dont les ressorts allaient probablement ressembler davantage à ceux des Trente Glorieuses qu'à ceux des trente dernières années qui venaient de s'écouler.

Mon interlocuteur interrompit mon monologue :

— Sauf qu'il me semble que nous partions de plus loin. Après la guerre, la politique avait gardé ses leviers. Alors que, là, ce que les Etats avaient lâché était impressionnant. Comment reprendre les choses en mains quand, depuis trente ans, on a tout lâché ?

— C'était tout le problème. Sur la scène internationale, en Europe, il fallait inventer une nouvelle façon de faire de la politique qui ne pouvait être qu'une façon d'entraîner.

On peut juger que les résultats ont été insuffisants mais je ne vois pas qui d'autre que Sarkozy aurait pu mettre plus d'idées sur la table, déployer davantage d'énergie. En tout cas, sur la scène du monde, personne ne l'a fait. S'il s'était aligné sur les codes de la diplomatie traditionnelle, il ne se serait rien passé. Le risque, maintenant, c'est qu'il ne se passe plus rien.

Il a compris qu'il fallait rendre du pouvoir à la politique. Contrairement à ce que l'on a dit, il y est allé très progressivement pour ne pas tout bloquer. Car il a vite compris aussi qu'il était tout seul dans ce combat.

Je me rappelle le dernier déjeuner à l'Elysée avec Mme Merkel pour préparer le Conseil européen sur le pacte de stabilité. Elle a dit au Président : « Les agences, les marchés, ils n'ont plus confiance en nous, les politiques, alors il ne faut plus que ce soient les gouvernements qui décident. Il faut transférer la responsabilité à d'autres… » J'ai trouvé cela terrifiant.

A l'intérieur aussi, il s'est battu. On partait de loin. Tout depuis longtemps concourait à affaiblir la capacité à gouverner. Il faut reconnaître que, de ce point de vue, la réforme de la Constitution n'a pas vraiment arrangé les choses. Il était sans doute nécessaire de redonner un plus grand rôle au Parlement. Mais en donnant la possibilité à tout citoyen engagé dans un procès de contester la constitutionnalité d'une loi on a encore affaibli le législateur au profit du juge, et il n'est pas sûr, au bout du compte, que la démocratie et la République y aient beaucoup gagné.

On aurait peut-être pu critiquer Sarkozy pour avoir trop cédé de pouvoir. Mais certainement pas d'en avoir trop concentré entre ses mains.

Sarkozy n'était pas assoiffé de pouvoir. Il ne faisait pas du pouvoir une question personnelle. Il voulait que le gouvernement gouvernât, qu'il pût prendre ses responsabilités. Même s'il ne l'a jamais formulé ainsi, l'idée de la politique comme un antidestin imprégnait sa pensée.

Un gouvernement qui gouverne, c'est ça, la République. Que l'on y réfléchisse un instant : si ce n'est pas le gouvernement qui gouverne, qui d'autre à sa place ? Qui peut sérieusement croire que s'en remettre à une force anonyme et irresponsable protège mieux les libertés que de s'en remettre à un gouvernement démocratique et responsable ?

Que le président de la République, élu de la nation et responsable devant elle, nomme les dirigeants des chaînes de télévision publiques, quoi de plus légitime ? A-t-on peur pour l'indépendance des journalistes des chaînes publiques ? Mais qui peut penser sérieusement que dans un pays comme le nôtre les journalistes des chaînes publiques seraient prêts à se soumettre au pouvoir ? Ne les a-t-on pas vus au contraire, au cours de ces dernières années, dressés comme jamais contre lui ?

Derrière cette conviction qu'il fallait assumer la politique et son rôle par rapport au destin, il y avait une question simple à laquelle nous n'avons cessé, pendant ces cinq dernières années, d'être confrontés, parce que, désormais, il n'est quasiment plus une seule question posée à la politique, concernant jusqu'au plus petit détail de la vie quotidienne, qui, d'une façon ou d'une autre, ne finisse par nous y renvoyer.

Cette question, c'est celle-ci : dans quelle civilisation voulons-nous vivre ? Ou plutôt, quand elle s'adresse à l'homme politique : dans quelle civilisation voulez-vous nous faire vivre ?

Il suffit d'ailleurs de poser la question pour que tout le monde prenne brusquement conscience de la profondeur du problème.

Jadis, on avait pris l'habitude d'éluder de plus en plus la question de l'architecture : on faisait fonctionnel. On ne peut plus l'éluder : trop de laideurs nous accablent. Jadis, le progrès, c'était qu'un jour prochain il n'y ait plus ni ouvriers ni paysans. Mais comme l'on dit, il faut de tout pour faire un monde, et quand la société de consommation découvre enfin qu'elle ne se suffit pas à elle-même parce que le consommateur et le producteur ne font qu'un, elle se remet à attacher une importance capitale aux usines et aux champs.

Quand on veut vraiment se poser la question, on se dit que la civilisation tient parfois à pas grand-chose : une statistique, un impôt, une règle d'urbanisme, un droit d'auteur, un défilé du 14 Juillet, une monnaie trop forte ou pas assez, une pièce de Corneille au programme de quatrième, des élèves qui apprennent à se lever quand le maître entre dans la classe, une ponctuation, une politesse…

Un monde plat où tout se vaut. Voilà contre quoi il faut dresser la civilisation. La civilisation, cela commence quand on délimite et quand on hiérarchise. L'interdiction de la burqa, c'est une limite.

Tout ne se vaut pas, et Régis Debray a eu raison de faire l'éloge des frontières, mot discrédité depuis trop longtemps. Et il a eu tort de ne pas reconnaître que la position de Nicolas Sarkozy était exactement la sienne.

Il faut partir des frontières. Et de l'injonction de Sarkozy à Villepinte disant à l'Europe que si elle ne faisait pas respecter ses frontières extérieures, la France sur ce sujet ferait cavalier seul, autant pour l'immigration que pour les marchés publics. C'est une brèche qui a été ouverte qu'il ne faut pas laisser se refermer. La droite qui veut tout laisser passer devrait se souvenir que plus il y a aura de chômeurs, plus la facture des impôts sera lourde.

Et la gauche, que le mot frontière irrite, devrait regarder en face cette réalité : il n'y a pas de sécurité sociale sans frontières.

C'est une condition, mais il faut d'autres outils. L'avenir est à quelque chose qui pourrait ressembler à l'idée géniale de Jean Monnet, c'est-à-dire à la planification à la française qui n'avait rien à voir avec le Gosplan mais qui mobilisait toutes les intelligences pour dessiner un destin commun. Plus on est ouvert, plus il faut une stratégie collective pour affronter la concurrence des autres. Ce n'est pas le passé, c'est l'avenir, dans un monde où l'idée de nation revient et où l'enjeu de la maîtrise du temps est devenu capital si on ne veut pas être à la remorque du hasard des marchés.

Jamais la politique n'a été confrontée à un tel hiatus entre l'urgence et la durée.

— Keynes disait : « Dans le long terme nous serons tous morts. »

— Il répondait à ceux qui affirmaient que dans le long terme tout finirait bien par s'arranger. Il fait face à l'urgence, mais il ne faut pas sacrifier le futur au présent, car le futur sera le présent de nos enfants. Pendant cinq ans, il a bien fallu faire face à cette contradiction. L'urgence, c'étaient les déficits, l'avenir, c'étaient les investissements. L'urgence, c'étaient les agences, les marchés, la spéculation qui guettaient la moindre occasion de se jeter sur une proie ; l'avenir, c'était la moralisation de la finance. L'urgence, c'était le chômage qui abîmait des vies ; l'avenir, c'était le développement économique qui créerait des emplois.

— Mais quand on souffre, fit remarquer l'instituteur, on ne pense plus qu'à sa souffrance. Les Français qui souffrent veulent que l'on apaise leurs souffrances, non pas demain, mais maintenant.

— C'est pour cela que lorsqu'il y a une crise il faut laisser jouer les amortisseurs sociaux quitte à creuser les déficits. Mais, en même temps, il faut placer la politique économique dans la succession des générations, ne jamais perdre de vue la perspective longue de la nation. « On nous dit que nos rois dépensaient sans compter, expliquait Sacha Guitry. Mais quand ils construisaient des merveilles comme Versailles, ne mettaient-ils pas notre argent de côté ? » La nation nous impose de penser autrement et d'agir autrement que le marché livré à lui-même.

— Un pays ne peut pas vendre son territoire ni licencier ses citoyens, ça c'était le temps d'avant les nations. Maintenant, on est obligé de tout garder. Un pays doit regarder tout ce qu'il a d'humain et de matériel en lui, non comme une charge qu'il lui faudrait supporter, mais comme une ressource dont il lui faut tirer une richesse. Car chaque personne, chaque parcelle de territoire a une richesse à donner.

On mesure l'appauvrissement que constitue l'abandon d'un seul être ou d'une seule parcelle de territoire lorsque l'on réfléchit à ce qu'il a fallu de travail, d'intelligence et de siècles pour leur donner leur forme, leur personnalité. Pensez, dans une forêt domaniale, au temps qu'il a fallu pour faire pousser un grand arbre. Embrassez du regard les vignobles du Bordelais ou les « climats » de Bourgogne, ces parcelles minuscules qui produisent parmi les meilleurs vins du monde, si différents à quelques mètres près, parce que depuis des siècles un trésor de tradition et de culture s'acharne à tirer ce miracle de la terre. Et songez qu'il n'y a pas un seul coin de vieille terre française, pas un seul terroir, pas un seul village, pas une seule ville où le génie humain n'ait si longuement travaillé qu'on ne puisse en tirer aussi un miracle.

— Mais on continue à accepter le déclin de pans entiers du territoire comme s'il s'agissait d'une fatalité. Les retraités anglais seront-ils donc les seuls à savoir tirer quelque chose d'un patrimoine délaissé parce que soi-disant il ne correspondait plus aux besoins de notre époque ?

— On voit bien lorsque l'on fait les comptes que, finalement, en fermant un petit hôpital, on n'améliore pas toujours les comptes de l'assurance maladie. Mais ce que l'on ne voit pas, c'est que, au fur et à mesure que l'on ferme tout, les gens s'en vont s'entasser dans les banlieues des grandes villes, et les comptes de la nation se dégradent parce que cela coûte plus cher à la collectivité.

L'espace français est une richesse que l'on gaspille. Au lieu de le reconquérir, on accompagne, on accélère même souvent le mouvement qui le vide. Quand les services publics s'éloignent, les gens s'en vont plus vite encore. Comment vivre sans médecin, sans services de proximité, de plus en plus seul ?

— On dira encore que c'est le marché qui décide, que c'est la loi de l'offre et de la demande.

— Mais le marché, que voit-il ? Il a bon dos, le marché ! Le marché, c'est le laisser-faire. Or, on peut faire beaucoup de choses avec un peu d'imagination. On peut investir pas du tout à fonds perdus. Regardez ce qu'ont fait les Espagnols dans les années 1920, avec les Paradores, ces monuments historiques qui tombaient en ruine et qu'ils n'avaient pas les moyens d'entretenir. Ils en ont fait des hôtels qui sont aujourd'hui l'une des plus belles images de marque de l'Espagne et constituent pour elle une richesse inestimable, bien au-delà de leur chiffre d'affaires.

— Mais il y a les pesanteurs de l'économie mondiale. Voyez l'agriculture. Comment faire pour conserver une agriculture française quand les prix mondiaux sont plus bas que nos coûts de production ?

— Je ne me ferai jamais à l'idée que dans un monde où près d'un milliard d'hommes, de femmes et d'enfants sont mal nourris, le malthusianisme agricole pourrait être une politique raisonnable.

Je ne me ferai jamais à l'idée que lorsque la question de la qualité et de la sécurité de l'alimentation devient aiguë, un pays avec des traditions agricoles comme les nôtres n'a pas une carte formidable à jouer dans le monde. Et j'ai bien conscience que pour cela il nous faudra remonter la pente de la pensée dominante, comme nous avons essayé de le faire pendant cinq ans. Je me souviens du président de la Commission européenne disant un jour à l'Elysée au président de la République, à propos des négociations sur le libre-échange : « Nous n'allons quand même pas sacrifier des machines-outils à des poulets… » Le Président s'est fâché.

Vous savez, l'aménagement du territoire, ce devrait être une priorité comme jadis au temps des Trente Glorieuses mais adaptée aux conditions de notre époque. L'aménagement du territoire pour reprendre la maîtrise de l'espace – comme il nous faut reprendre celle de la durée –, pour produire, pour respirer, pour vivre. Nous pouvons faire de la France le prototype de la révolution verte et de la révolution numérique, réconcilier nos territoires grâce aux réseaux. Les entrepreneurs, les ingénieurs, les médecins ont des idées plein la tête, ils ont des projets. C'était l'idée du grand emprunt et du Grand Paris.

— Mais avec le Grand Paris, les provinciaux ont trouvé qu'une fois encore c'était tout pour Paris.

— Le but du Grand Paris, ce n'était pas d'organiser « Paris et le désert français ». C'était tout le contraire. C'était imaginer la ville de demain vivant en harmonie avec la campagne qui la nourrit et qui lui permet de respirer, imaginer la ville écologique, la ville qui n'est pas coupée du reste du pays mais qui fait le lien entre lui et le monde. Le Grand Paris, c'était la volonté de dessiner un grand arc de développement au cœur de la France avec à chacune de ses extrémités les deux grands ports du Havre et de Marseille et nos trois plus grandes métropoles travaillant ensemble et tirant la croissance française. Ce n'était pas pour marginaliser. C'était pour entraîner tout l'espace national. Après il faudra faire le Grand Lyon, le Grand Marseille et le Grand Bordeaux, le Grand Toulouse, le Grand Lille…

— Le risque, c'est quand même que tout se décide à Paris, et que dans les provinces on soit encore obligé de subir.

— L'aménagement du territoire ce n'est pas pour tout aplatir. C'est le génie propre à chaque région, à chaque petit « pays », comme on disait jadis, qui rend tous les miracles possibles sur notre sol. Laissons la Provence, la Bretagne, la Savoie, la Lorraine, l'Alsace défendre leur identité. Pourvu que nous gardions en partage cette langue et cette culture exceptionnelles qui ont été fécondées par toutes les autres langues et les autres cultures de la France.

— Michelet disait que toutes les provinces de France se sont comprises et se sont aimées.

— Il exagérait peut-être un peu. Mais la France est quand même née d'une forme d'amour qui a produit quelque chose de très grand et de très beau. Oh, je sais bien, pour certains, ce n'est ni grand ni beau, la France, la culture française, la langue française. C'est étriqué. C'est détestable, et moins il restera de France, mieux ce sera. Eh bien voilà, c'est une ligne de partage politique très profonde. Pendant cinq ans nous avons dit : c'est grand, c'est beau, la France. Et nous avons essayé de nous battre contre le chaos qui la menaçait. C'est ce que nous avons voulu. Nous nous sommes battus contre ceux qui appelaient de leurs vœux la fin de cette exception française que nous traînions, disaient-ils, comme un fardeau. En France, il existe un puissant courant politique pour lequel « trop français » est une insulte. C'est sans équivalent dans le monde. Personne ne se trouve trop américain, trop anglais, trop allemand, trop chinois. Oui, il y a des gens dans notre pays qui trouvent que l'idée de France est une oppression pour les communautés, pour les intérêts, pour les particularismes. La France, ils n'en veulent plus. Ils ne veulent plus rien partager, ils ne veulent plus rien lui devoir. Chaque fois qu'ils le peuvent, ils la rabaissent, ils l'abîment. Nous avons combattu ces gens-là, ils ne nous l'ont pas pardonné.

— En quoi Sarkozy a-t-il tenté de renverser la tendance ?

— Sarkozy a été le premier à redonner à l'Etat les leviers que depuis trente ans on supprimait systématiquement en arguant de l'illégitimité de l'intervention publique. Le principal enjeu était évidemment de relâcher l'emprise des marchés. Bien sûr, on est moins dépendant des marchés si l'on n'est pas endetté.

Mais si l'on est dépendant des marchés, ce n'est pas seulement à cause de la dette, c'est aussi parce que, à partir de la fin des années 1970, on a décidé de diriger toute l'épargne vers les marchés.

On a confondu les marchés financiers avec le marché de la théorie économique. On n'a pas prévu la distorsion qui allait se produire entre l'économie financière et l'économie réelle, celle des entreprises et des gens qui ont besoin de travailler, de se loger, d'éduquer leurs enfants… On a démonté un à un tous les circuits de financements privilégiés, tous les grands fonds d'intervention, tous les systèmes de garantie qui avaient été créés quand on avait tiré les leçons de la grande crise.

Si l'on ne voulait pas que les marchés décident de tout, il fallait donc de nouveau détourner d'eux une partie de l'épargne.

C'était une sorte de contre-révolution qui n'allait pas de soi. Avec OSEO, le Fonds stratégique d'investissement, le Grand Emprunt, la Banque de l'Industrie, Nicolas Sarkozy a engagé cette contre-révolution, parfois, là encore, contre les préjugés de son propre camp.

Il fallait que quelqu'un commençât. Ce fut lui. Et l'on peut parier qu'il n'y aura pas de retour en arrière avant bien longtemps. Quand les socialistes parlent de banque publique pour l'industrie, ils ne font que lui emboîter le pas.

Il a commencé à redonner au long terme le droit de cité dans l'économie. C'était un enjeu de civilisation, parce que au cœur de la crise de la civilisation il y a la crise de notre rapport au temps.

— Il y a aussi notre rapport à la création.

— La politique a partie liée avec le destin et avec la volonté de vaincre la mort. Elle est en cela proche de l'art, de la création, de l'invention, car que font l'artiste, le créateur, l'inventeur, l'entrepreneur et même le savant – le savant invente aussi une façon de voir le monde – sinon opposer leurs œuvres à la fatalité et à la mort ? « Si Goya n'avait pas peint, l'Espagne ne serait pas la même… »

C'est pour cette raison que la politique et la création devraient toujours être associées. Ce qu'elles ont accompli de plus grand, l'une et l'autre, elles l'ont accompli ensemble. Leur guerre est absurde. Leur réconciliation est toujours une victoire de la civilisation dès lors qu'aucune des deux ne cherche à asservir l'autre.

— L'artiste n'est-il pas toujours contre le pouvoir ?

— C'est ce que m'a dit un jour une personnalité du monde de la culture. Je lui ai répondu : *Les Châtiments*, Victor Hugo les a écrits contre le pouvoir. Mais le plafond de la Sixtine ou *Le Bourgeois gentilhomme* ne sont pas des œuvres nées de la révolte contre le pouvoir. Le Taj Mahal ou les jardins de Le Nôtre non plus.

— Mais le pouvoir politique ne veut-il pas toujours asservir le créateur ? N'est-ce pas dans la nature des choses ?

— Michel-Ange n'était pas l'esclave du pape, Molière n'était pas l'esclave de Louis XIV... C'est ça, une politique de civilisation : l'alliance réussie entre les artistes et les créateurs, les inventeurs, les entrepreneurs et la politique.

— Au fond, vous avez voulu poser le problème du rapport entre l'individu et la société.

— C'est ce nouvel humanisme que, par petites touches, nous avons essayé de construire en redonnant une place à l'Homme dans la mondialisation. Je pense en particulier à ce que le président de la République a proposé au nom de la France en 2009 à l'assemblée générale de l'Organisation mondiale du travail quand il a dit aux syndicalistes du monde entier qu'il fallait mettre le droit du travail, le droit de la santé, le droit de l'environnement à égalité avec le droit du commerce, ou quand il a invité au G8 de Deauville en 2011 les grands acteurs de l'économie numérique à venir discuter de la manière dont nous pourrions civiliser Internet.

— Mais les gens ne l'ont pas compris.

— C'est difficile parce qu'il lutte contre deux courants : le courant qui cherche à dresser l'individu contre la société et le courant qui cherche à dresser la société contre l'individu.

Le premier ne parle que des droits. Le second ne pense qu'aux devoirs. Les deux font peser une menace sur la civilisation. Quand il n'y a que des droits, il n'y a plus de vie possible en société. Quand il n'y a que des devoirs, c'est le totalitarisme.

La politique de civilisation, c'est la recherche d'un équilibre entre les droits et les devoirs. On comprend pourquoi elle a tant d'adversaires.

— Ça me rappelle Lyautey et « le rôle social de l'officier »... Tout le monde devrait se sentir une responsabilité sociale, sinon ça ne peut pas marcher.

— Hélas, ce n'est pas le cas. Chacun s'enferme dans son éthique professionnelle et veut, au mieux, n'avoir de comptes à rendre qu'à ses pairs en s'exonérant de la morale commune de toute responsabilité sociale et civique. Quand un patron ne se reconnaît plus aucune responsabilité vis-à-vis de la société mais seulement vis-à-vis de ses actionnaires, quand un juge du siège refuse de participer à la prévention de la délinquance sous prétexte qu'il est indépendant, il y a quelque chose qui, moralement, ne va plus.

Le vieil homme reprit la parole :

— Je vous ai entendu dire un jour, dans une émission de télévision, qu'opposer les Français les uns aux autres conduisait fatalement à la défaite morale, et que la défaite morale précédait toujours la défaite politique. Est-ce que ce n'est pas, au fond, ce qui s'est passé pendant la campagne présidentielle ?

— C'est une conviction profonde, depuis toujours. Mais il n'a jamais été question dans l'esprit de Sarkozy de chercher à opposer des catégories de Français les unes aux autres. S'opposer sur les idées, oui. Opposer des catégories de Français, non.

— C'est quand même l'impression que beaucoup ont eue.

— Ce qui a pu donner cette impression, ce n'est pas le fond, ce ne sont pas les propositions, ce ne sont pas les mots non plus, c'est peut-être le ton. En 2007, avec Nicolas Sarkozy, nous avions théorisé la quête du silence dans les réunions publiques. Quand il faisait un discours, il cherchait avant tout à obtenir une écoute attentive, un recueillement, une communion. Il n'allait pas à la foule, il faisait venir la foule à lui. En 2012, il s'est laissé davantage porter et parfois emporter par l'enthousiasme des militants et des sympathisants. Ça a donné un ton différent qui, à la télévision, avait l'air plus agressif, plus violent. C'était peut-être à cause de ce qui s'était passé à Bayonne. Ça a créé un climat plus dur. Ça l'a empêché d'aller librement et paisiblement à la rencontre des Français comme il avait commencé à le faire. Mais à Villepinte, à la Concorde, au Trocadéro ou à Toulouse, quand il a parlé des frontières, il a tracé les contours d'un nouveau modèle social. Alors que son adversaire ne disait absolument rien, lui, il a posé des mots et des idées sur l'avenir.

— Les musulmans se sont sentis stigmatisés.

— Il y a eu sans doute des maladresses. Si certains se sont sentis blessés, je le déplore. Chacun d'entre nous doit toujours faire très attention aux mots qu'il emploie quand il parle d'intimes convictions, de foi, de religion… Mais poser la question de l'islam dans notre République et dans notre civilisation ne devrait être en soi choquant pour personne. Il a fallu près d'un siècle pour réconcilier le catholicisme avec la République et un siècle et demi au moins pour éteindre la querelle scolaire, si tant est qu'elle soit éteinte. Les chrétiens ont fait un long travail sur eux-mêmes pour intégrer l'héritage des Lumières. Alors, aujourd'hui, il est légitime de poser la question de l'islam de France, de l'islam des Lumières, du rapport de l'islam à la laïcité. C'est un problème de civilisation qu'il nous faut résoudre tous ensemble. Quelqu'un m'a dit un jour : « Puisque nous sommes dans un pays laïc, pourquoi toutes les fêtes de toutes les religions ne sont-elles pas fériées ? » Je lui ai répondu : « Parce que les fêtes qui sont dans le calendrier n'y sont pas en tant que fêtes religieuses mais en tant que faits de civilisation. »

Du point de vue de la civilisation, que signifie le principe selon lequel le regard d'un homme sur une femme serait tellement salissant que celle-ci devrait s'en protéger en s'enfermant dans une prison de tissu ? Quand une civilisation comme la nôtre a accompli un effort multiséculaire pour faire reconnaître et respecter la singularité de la personne humaine, comment peut-elle supporter l'effacement total du visage de la femme ? Ce n'est pas un problème de religion.

— Je ne sais pas si c'est la faute de Sarkozy, mais je trouve qu'il y a une radicalisation des comportements religieux qui se confondent de plus en plus avec des revendications identitaires souvent exacerbées.

— C'est bien ce qui est inquiétant. Cette radicalisation empêche de trouver des solutions pratiques qui permettent de vivre ensemble sans bouleverser les fondements de la civilisation. Sarkozy a essayé de lutter contre cette intolérance grandissante qui oppose de plus en plus toutes les croyances les unes aux autres, c'est sans doute pourquoi toutes ces intolérances se sont liguées contre lui. Dans la tribune qu'il avait écrite au moment du référendum en Suisse sur les minarets, il avait conclu :

« Chrétien, juif ou musulman, homme de foi, quelle que soit sa foi, croyant, quelle que soit sa croyance, chacun doit savoir se garder de toute ostentation et de toute provocation et, conscient de la chance qu'il a de vivre sur une terre de liberté, pratiquer son culte avec l'humble discrétion qui témoigne non de la tiédeur de ses convictions, mais du respect fraternel qu'il éprouve vis-à-vis de celui qui ne pense pas comme lui mais avec lequel il veut vivre. »

Qui pourrait s'offusquer d'un tel appel sinon les extrémistes de tous bords ?

— On a l'impression que sur tous les sujets on est sommé de choisir entre les extrêmes ? C'est un paradoxe dans une société qui a fait, comme aucune autre avant elle, de la tolérance et de l'ouverture aux autres des valeurs cardinales.

— Vous vous souvenez de ce que disait Roland Barthes : « Le fascisme, ce n'est pas d'empêcher de dire, c'est d'obliger à dire. »

— Mais il y a eu le discours de Grenoble...

— Grenoble, ce fut surtout un problème de forme. C'est un discours qui a été prononcé sous le coup de l'émotion après les violences qui avaient eu lieu dans le Loir-et-Cher et dans la banlieue de Grenoble. C'est vrai qu'un président ne doit pas se laisser emporter par l'émotion. Nicolas Sarkozy l'a reconnu. Mais les critiques sur le fond ont été excessives, pour ne pas dire consternantes.

— Il y avait la déchéance de nationalité.

— Remettre cette question à l'ordre du jour était sans doute inutile et même contre-productif. Mais pourquoi hurler à l'attentat contre les droits de l'homme, pourquoi parler d'une tache sur la République, alors que cette disposition existait dans notre code pénal depuis 1945, depuis que le Gouvernement provisoire du général De Gaulle l'y a introduite. Et depuis 1945, ni la droite ni la gauche ne l'ont jamais contestée. Lionel Jospin s'est contenté d'en réduire le champ d'application sans en remettre en cause le principe. Finalement, le Président a renoncé à y toucher parce qu'il a compris que cela divisait trop sans rien résoudre.

— Il y a aussi le sort que l'on a fait aux Roms.

— Mais les socialistes font la même chose aujourd'hui ! Quand je pense qu'un évêque a même osé une comparaison avec les trains qui amenaient les déportés vers les camps d'extermination. Mais tout a été fait selon le droit et sous le contrôle des juges. Il faut quand même s'entendre sur le fait que la République est un régime de fermeté et non de laxisme. Dans la République, on respecte les lois. On respecte le bien d'autrui. On envoie ses enfants à l'école. C'est valable pour tout le monde. La République, rien que la République, mais toute la République. Il ne faut pas dévier de cette ligne.

— La circulaire sur les Roms, ce n'était pas vraiment la République.

— C'était une faute. Elle a été immédiatement corrigée.

— Mais quand même, est-ce que la campagne n'a pas été trop droitière, trop à la remorque du Front national ?

— Pour les uns, elle était trop à droite ; pour les autres, trop au centre… La démocratie, cela consiste à rassembler le plus d'électeurs possible sur ses idées sans se renier. Il n'y a pas eu de reniement. En tout cas, moi, je n'ai pas eu à me renier.

— Qu'est-ce qui vous sépare du Front national ?

— Les familles politiques sont ancrées dans une histoire. Le Front national est ancré dans une histoire qui n'est pas du tout la mienne.

— Mais il y a eu des débats autour de Sarkozy. La presse s'en est beaucoup fait l'écho.

— Oui, il y a eu des débats, quoi de plus naturel ? Le Président les a tranchés. Je me suis retrouvé dans son projet, dans ses propositions. C'est la seule chose qui compte. Je pense notamment à la question de savoir s'il fallait aller ou non sur le terrain de l'économie et du social, ou rester exclusivement sur celui du régalien au nom de l'impuissance supposée de la politique à influer sur l'économie. Pendant cinq ans, l'affirmation d'une volonté politique dans l'économie et le social a été la marque du sarkozysme. Ne pas aller sur ce terrain aurait été se couper de ce que nous avons essayé de faire de plus important. Peut-être n'y sommes-nous pas allés assez pendant cette campagne.

— Pourquoi a-t-il perdu ?

— Qui sait ? Peut-être parce que les dieux, comme dans la tragédie, ont puni celui qui avait voulu changer le monde. Ou peut-être parce que les Français ont cru la voix mensongère qui comme toujours désigne la victime expiatoire qui doit emporter tous les malheurs avec elle. Nicolas Sarkozy est parti mais les malheurs sont restés. La France des petits arrangements a gagné. On va voir maintenant ce qu'elle va faire avec le malheur.

Il était plus de midi et la chaleur montait.

Le buste de Mistral trônait au milieu d'une pelouse en plein soleil. En le regardant, je me suis rappelé une conversation, il y avait bien des années, avec un ancien pensionnaire de la Comédie-Française qui avait beaucoup joué Mistral.

Un jour, pendant le festival d'Avignon, il avait invité Gérard Philipe et Robert Wilson, qui étaient ses amis, à venir l'entendre jouer *Mireille* en provençal.

A la fin, il leur avait demandé s'ils avaient compris quelque chose à la pièce. Ils avaient répondu : « Rien du tout, mais nous avons vu Sophocle jouer devant les Grecs… »

Le soleil brillait dans le ciel tout bleu qui ressemblait à celui de la Grèce.

Dans la clarté de midi, je pensais à Philippe Séguin qui aurait voulu mourir au soleil.

C'est étrange comme sa disparition a créé un choc alors qu'il s'était mis en retrait de la vie politique.

Cela m'a beaucoup frappé. Lorsqu'il est mort, il y a eu une grande émotion chez beaucoup de gens, même chez ceux qui n'avaient jamais voté pour lui.

Plus peut-être à cause de ce qu'il était qu'en raison de sa carrière politique. On s'était habitué à sa voix, à son rire, à ses colères, à son regard où passait de temps en temps une lueur de tristesse. Il y avait chez cet homme, au caractère difficile, quelque chose de profondément émouvant que ressentaient tous ceux qui le côtoyaient.

Quand il était d'humeur sombre, il ne disait rien. Il s'enfermait dans son bureau et il jouait au solitaire. Il ne parlait jamais de lui.

Pourtant, tout le monde avait l'impression de le connaître.

Je crois que c'est parce qu'il se mettait tout entier dans ses discours. Vous connaissez le mot de Victor Hugo : « Pardon de parler de moi, mais en parlant de moi, je parle de vous. » Philippe Séguin faisait tout le contraire ; c'est en parlant des autres qu'il parlait de lui. Il ne sortit qu'une fois de cette réserve : lorsqu'il fut élu président de l'Assemblée nationale, il parla de son père, ce jeune homme de vingt-trois ans tombé à l'entrée d'un petit village du Doubs un jour de septembre

1944. On comprenait au ton de sa voix que l'évocation de cette absence réveillait une blessure dont personne d'autre que lui ne connaîtrait jamais la nature.

Chaque être essaie toujours de conserver une part de son mystère.

Philippe Séguin ne voulait pas livrer ses secrets. Il se protégeait en fuyant toute improvisation qui aurait pu le trahir.

C'était peut-être du côté de ses souffrances intimes, qu'il ne voulait révéler à personne, qu'il fallait aller chercher les raisons principales pour lesquelles il n'avait pas accompli le destin politique auquel tout semblait l'appeler.

Il y avait aussi cette intransigeance ombrageuse que les adeptes de la politique des petits arrangements ne supportaient pas. Et ils étaient nombreux.

Comme chez De Gaulle, elle se nourrissait du sentiment de la disproportion des forces dans les combats qu'il menait. Mais je crois que c'était d'abord un angoissé.

Et cette angoisse, dont il ne parvenait jamais à s'échapper complètement, lui rendit la vie plus difficile que son orgueil. Cet orgueil qui lui venait de son enfance, cet orgueil de l'enfant pauvre, comme il l'appelait, de l'enfant qui n'avait rien et qui finit par devenir quelqu'un mais qui n'oubliait pas.

A six ans, il avait reçu la médaille militaire et la croix de guerre de son père. Il se souviendrait toujours des mots que sa mère avait prononcés lorsqu'elle lui avait remis les quelques objets personnels que son père avait laissés :

« Voilà ton héritage, sois brave, courageux, bon, honnête. »

J'ai toujours eu le sentiment que de cette enfance il ne pourrait jamais rien oublier, rien renier.

Il n'oublierait jamais sa pauvre mère institutrice, ni la lumière de Tunis, ni la Méditerranée sous le soleil, ni la fraternité qui unissait les garçons de son âge par-delà leurs origines, leur religion, leur culture, et qui donnerait pour toujours à sa conception de la République cette dimension charnelle qui le faisait aimer.

Enfant, il avait adoré une France d'autant plus idéalisée qu'elle était lointaine et il avait continué à la vénérer même quand il avait connu le drame de tous les rapatriés qui ont éprouvé un jour le douloureux sentiment d'être accueillis en étrangers dans leur propre pays.

Il a suscité du respect. Il a rendu un peu d'honneur à la politique, ce qui n'est pas rien. Mais que reste-t-il du séguinisme ? A quoi tout cela a-t-il servi ?

Il n'a laissé au fond que l'exemple d'une vie. J'ai dit un jour : « Qu'importe qu'il ait si souvent prêché dans le désert, qu'il ne soit devenu ni Premier ministre ni président de la République. Qu'aurait-il laissé s'il avait dû pour y parvenir renoncer à ce qu'il était, s'il s'était mis à ressembler à tous les autres ? Mais il n'aurait pas pu. Au fond de lui, l'enfant pauvre de Tunis aurait dit "non". »

Ceux qui ne pensent qu'à la carrière diront qu'il a échoué. Mais il a réussi ce que très peu d'hommes politiques parviennent à accomplir : il a incarné un idéal, dans lequel beaucoup de Français se sont reconnus.

Il n'a pas toujours été compris.

Le souvenir de cette incompréhension, qui le rendait parfois si malheureux, me plonge toujours dans un abîme de tristesse.

Qui connaissait vraiment l'enfant de Tunis qui voulait tant nous convaincre que la France, dans ce qu'elle avait de plus grand et de plus beau, n'était pas morte, qu'elle avait encore quelque chose à dire au monde et que nous en étions les dépositaires ?

Qui saura jamais ce qui sous l'écorce rugueuse le rendait parfois si fragile et l'isolait des autres, et qui lui coûta si cher en l'empêchant d'aller jusqu'au bout de son talent et de sa destinée ?

Ceux qui ont croisé son chemin, qui l'ont admiré, qui l'ont aimé, qui se sont reconnus dans ce qu'il disait, dans ce qu'il faisait, ceux-là mêmes parfois qu'il a fait souffrir à force de souffrir lui-même en silence, ceux-là ne l'oublieront jamais. Sa voix tonitruante, son rire énorme, ses colères homériques, sa profonde humanité, sa belle intelligence leur manqueront. Ils leur manquent déjà.

Il aurait voulu mourir en plein soleil, dans le Midi. Le destin le frapperait avant le lever du jour, en plein hiver, dans ce Paris qui s'était refusé à lui à l'issue d'une campagne qu'il avait vécue comme un long chemin de croix. L'Histoire est tragique, mais elle l'est plus encore pour ceux qui, au fond d'eux-mêmes, sont convaincus que le héros de la tragédie qui ne se plie pas à l'accablante fatalité du destin est l'homme le plus libre du monde.

Je suis dans le train qui m'emmène à Versailles, de là j'irai au Chesnay voir le petit bureau où, dans quelques jours, j'installerai ma permanence de député nouvellement élu de la 3e circonscription des Yvelines. Tout le monde m'a prévenu que ce serait pénible, qu'il faudrait que je fasse l'assistante sociale, que j'allais tomber de haut après toutes ces années dans les allées du pouvoir. Mais je suis serein. Je n'ai jamais répugné à m'occuper des problèmes des gens. C'est le côté humain de la politique. La seule chose vraiment difficile à vivre, c'est la souffrance des autres que l'on n'arrive pas à apaiser, c'est le malheur face auquel, malgré toute la bonne volonté du monde, on demeure impuissant…

Meudon, Vélizy, Viroflay, les gares défilent les unes après les autres…

Je repense au vieil instituteur.

Il m'a écrit. J'ai reçu sa lettre hier :

« Cher Henri,

« J'ai été heureux de vous revoir et de pouvoir discuter si longuement avec vous. Cela ne m'était pas arrivé depuis bien longtemps. Quand on vieillit on s'isole peu à peu, sans le vouloir. Avant, j'allais tous les jours sur la tombe de ma femme et de mon fils, et je leur parlais. Maintenant, même cela je ne peux plus. Alors je leur parle de chez moi. A mon âge, on s'enferme dans ses souvenirs, avec des noms et des visages disparus depuis longtemps qui s'effacent lentement de la mémoire. Encore ai-je de la chance, ma mémoire tient bon. Enfin, c'est à la fois une chance et une souffrance, parce qu'à mon âge quand on est seul, quand on est le dernier, on ne cesse de se remémorer sa vie et de lui chercher un sens. Forcément on rouvre d'anciennes blessures, on réveille d'anciennes douleurs. Et puis c'est bien difficile de trouver un sens quand votre enfant est mort avant vous. Car ce n'est pas logique, un enfant qui meurt avant ses parents. Ce n'est pas dans l'ordre des choses. Alors on se dit que les choses n'ont pas d'ordre, que peut-être, au fond, tout est absurde. Mais on ne peut pas vivre avec cette idée que la vie est absurde, en tout cas, moi, je n'y arrive pas. Je n'y suis jamais arrivé. Alors, heureusement, il y a eu les enfants, je veux dire tous mes petits élèves. Dans ma vie, je n'ai sûrement pas fait que des choses bien. Mais ça, au moins, ce que j'ai essayé de leur transmettre, je pense que c'était bien. Maintenant, arrivé presque au terme de tout, je me dis que rien de ce que l'on fait de bien dans une vie, aussi infime cela soit-il, ne peut avoir été vain. Je ne suis toujours pas croyant, enfin pas comme vous, pas comme les gens qui font des prières, mais peut-être comme Diderot ou comme Victor Hugo. J'ai fini par ne pas pouvoir supporter l'idée qu'il n'y ait rien après. Je crois que d'une façon ou d'une autre j'irai rejoindre ceux que j'ai aimés et qu'après moi il y aura quelque chose qui continuera : peut-être ce que j'ai laissé avec tant d'autres instituteurs qui partageaient la même foi que moi – car au fond c'était une foi – dans la tête et dans le cœur de quelques enfants.

« A l'Ecole normale d'instituteurs, j'avais un camarade qui était un grand admirateur de Jaurès. Parmi les discours qu'il m'avait fait lire, il y en avait un sur l'école que j'avais recopié et que j'ai toujours gardé. Je vous en adresse ces quelques lignes, vous les connaissez peut-être, elles disent ce qu'était notre foi à nous, les instituteurs de jadis :

« “Il faut se demander dès l'origine de notre histoire française et avant Clovis, avant le christianisme, dans cette Gaule qui avait déjà, même avant les Romains, une physionomie saisissable, il faut se demander d'époque en époque, de génération en génération de quels moyens de vie, d'action, de culture disposaient les hommes, à quelles difficultés ils étaient en proie, quel était le péril ou la pesanteur de leur tâche et rendre justice à chacun sous le fardeau.

« "C'est ainsi que les enfants apprendront à connaître la France, la vraie France, la France qui n'est pas résumée dans une époque ou dans un jour, ni dans le jour d'il y a des siècles ni dans le jour d'hier, mais la France qui est tout entière dans la succession de ses jours, de ses nuits, de ses aurores, de ses crépuscules, de ses montées, de ses chutes, et qui, à travers toutes ces ombres mêlées, toutes ces lumières incomplètes et toutes ces vicissitudes, s'en va vers une pleine clarté qu'elle n'a pas encore atteinte, mais dont le pressentiment est dans sa pensée."

« Voilà, je ne sais pas si nous nous reverrons, mais quand je partirai, je partirai avec l'espoir que cette foi n'est pas tout à fait morte, qu'elle ne mourra pas. Je trouve qu'elle était belle. C'est elle qui, il y a bien des années, m'a permis de supporter la mort de mon fils.

« Je vous dis au revoir, pour ne pas vous dire adieu. »

Peut-être un jour, quand tout sera près de finir, écrirai-je à mes enfants une lettre semblable. De quelle foi leur parlerai-je ? Que pourrai-je leur dire sur ce que j'aurai accompli ? Aurai-je seulement accompli quelque chose dont ils pourront être fiers ? Auront-ils une seule leçon à tirer de ce que j'aurai fait ? Qu'aurai-je donné à tous ceux qui m'ont aimé, à ma famille, à mes amis ? Ce sont les questions que je me pose en descendant du train à Versailles dans le plein soleil de ce début septembre, au seuil de ma nouvelle vie.

Je repense à cette réunion publique à Versailles pendant la campagne présidentielle au moment de l'affaire Merah, juste après les assassinats des enfants. Je n'arrivais pas à trouver les mots justes, alors j'ai cité un passage en prose d'Eluard. J'ai parlé des mères qui pleuraient devant « l'armoire aux enfants dans laquelle il y a un chasseur sans souliers, une fille sans cheveux, un bateau sur la mer et le marinier qui chante, un théâtre ambulant, un grillon, de petits paniers creusés en cœur, une guitare qui fait des étincelles, et une robe qui restera toujours neuve... ».

Les poèmes sont comme des prières...

Je vais retrouver tous ceux qui m'ont aidé à devenir député. Quand je suis arrivé, ils ne me connaissaient pas. Ils m'ont fait confiance. Ils m'ont ouvert leur cœur. Je ne sais pourquoi, ma cause est devenue la leur. Ils n'ont jamais rien demandé. Je sais qu'ils seront toujours là. La politique, c'est quelque chose que l'on fait avec les autres…

Notes

1. Louis Aragon, *Le Crève-Cœur.*
2. Victor Hugo, *L'homme qui rit.*
3. Victor Hugo, « L'Expiation », in *Les Châtiments.*
4. Friedrich Nietzsche, *La Naissance de la tragédie.*
5. Victor Hugo, « Tristesse d'Olympio », in *Les Rayons et les Ombres.*
6. Simone Weil, *L'Enracinement.*
7. Alfred de Musset, *La Confession d'un enfant du siècle.*
8. Victor Hugo, *La Légende des siècles.*

Cet ouvrage a été composé et imprimé par
CPI Firmin Didot à Mesnil-sur-l'Estrée
pour le compte des Éditions Plon
76, rue Bonaparte
Paris 6e
en septembre 2012

Imprimé en France
Dépôt légal : septembre 2012
N° d'édition : 14870 – N° d'impression : 114492